U0635050

静海红色故事

中共天津市静海区委宣传部 编

天津出版传媒集团

天津人民出版社

图书在版编目(CIP)数据

静海红色故事 / 中共天津市静海区委宣传部编 . --
天津 : 天津人民出版社, 2021.8
ISBN 978-7-201-17576-8

Ⅰ.①静… Ⅱ.①中… Ⅲ.①革命故事—作品集—中
国—当代 Ⅳ.①I247.81

中国版本图书馆CIP数据核字(2021)第179328号

静海红色故事

JINGHAI HONGSE GUSHI

出　　版	天津人民出版社	
出 版 人	刘　庆	
地　　址	天津市和平区西康路35号康岳大厦	
邮政编码	300051	
邮购电话	(022)23332469	
电子信箱	reader@tjrmcbs.com	

策划编辑	安练练
责任编辑	李　荣
装帧设计	明轩文化·李晶晶

印　　刷	天津海顺印业包装有限公司
经　　销	新华书店
开　　本	710毫米×1000毫米　1/16
印　　张	20.25
插　　页	1
字　　数	180千字
版次印次	2021年8月第1版　2021年8月第1次印刷
定　　价	68.00元

编委会

红色基因 代代传颂

2021年是中国共产党成立100周年。一百年前，上海石库门里，第一簇革命星火被悄悄点燃；浙江嘉兴南湖上，中国共产党人的革命红船由此扬帆远航。

一百年来，中国共产党团结和带领中国人民夺取了革命、建设、改革进程中，一个又一个伟大的胜利。一百年来，在中国共产党的带领下，全国人民不懈奋斗，中华民族迎来了从站起来、富起来到强起来的伟大飞跃。

历史是最好的教科书，是最好的清醒剂和营养剂。

习近平总书记强调，走得再远、走到再光辉的未来，也不能忘记走过的过去，不能忘记为什么出发。党的十八大以来，习近平总书记多次深情讲述红色故事。一段段串联着青春、热血、奋斗、奉献的尘封记忆渐入人心，更阐释着党史、国史的深刻内涵。

知清来路，方启新程。

静海是一片红色热土，是一块神奇土地，也是一座令人肃然起敬的城市。风雨苍黄百年路，红色基因滋养了一代代静海人的初心。从1942年静海第一个党支部在酆里村成立到董建民、张宝林、李振书等革命先烈英勇奋战，从1948年12月静海解放到张孟良老先生笔下的《血溅津门》彰显的家国情怀，从抗洪抢险、抗震救灾到脱贫攻坚路上血洒南疆，以及和平年代里的忠于职守……静海，流传着太多可歌可泣的红色故事。这一抹红色，是峥嵘岁月的有力见证，是厚重历史的鲜明底色，更是光辉足迹的珍贵留存。

在全区上下持续深入推进党史学习教育之际，为深入讲好静海红色故事，由区委党史学习教育领导小组办公室牵头组织，区委宣传部、区委党校、区文旅局、区档案馆等部门广泛收集整理，各乡镇街积极配合，我们用心用力用情编写了

《静海红色故事》一书。这是把党史学习教育与讲好静海故事有机结合的一项特色亮点工作，这些红色故事，有的源于静海史料记载，有的源于革命先烈后辈追忆，有的源于民间代代相传，经过严格考证和反复打磨，力求从不同层面深情描述静海的红色风貌，集思想性、史实性、可读性和艺术性于一体。

在本书编写过程中，我们坚持以时间脉络为序，以真实严谨、翔实准确的史料为依据，重点选录能够反映重大历史事件和主要党史人物的经典故事。全书共精选37篇故事，既有宏观铺陈叙事，又有微观细腻描述，既有历史资料的生动呈现，又有拓展知识的细致解读，务求历史的严谨性与故事的通俗性有机结合。同时，组织专业团队结合故事情节，精心创作与史实、场景相对应的手绘插图，尽量让跨越时空的静海英雄人物鲜活起来，力争使之成为记录静海发展史的教科书，成为坚定理想信念教育的活教材，成为砥砺奋进征程的动力源，并能为进一步深挖红色资源、传承红色基因提供有益参考。

红色，是催人奋进的精神力量，是坚守初心

的党建底色，更闪烁着共产党人对信仰的坚守和对人民的热爱。今天，我们讲述静海红色故事，就是要让党的事业薪火相传、血脉永续，就是要通过学习教育引导广大党员群众和青少年加深对党史、新中国史、改革开放史、社会主义发展史的理解与把握。

展读这充满浓郁墨香的红色故事，唯愿，通过一种别样的宣讲，能让更多的人从革命传统中感悟崇高，从红色基因中汲取力量，不断受到教育、洗礼和启示。期盼，这一段段难忘的记忆，能化作激励前行的不竭动力，助推静海高质量发展的时代新篇章！

让红色基因，代代传颂。

是为序。

编者

2021年5月

目　录
CONTENTS

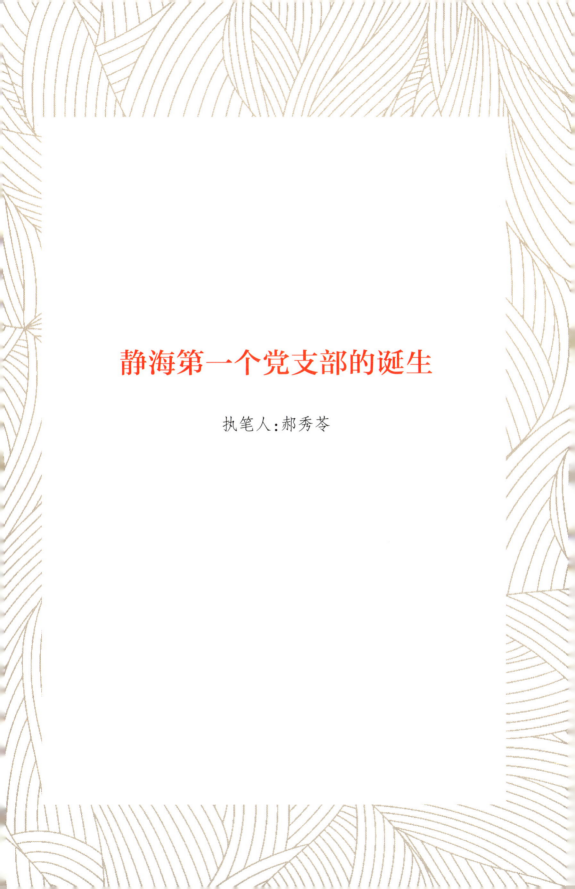

静海第一个党支部的诞生

执笔人：郝秀苓

故事梗概

本文讲述了静海区酆里村第一个党支部诞生的故事。1941 年，经过组织的缜密思考，决定发展酆里村为联络点，派出党员张恒前往发展党员，建立秘密据点，最终成立由四人组成的静海第一个党支部。自此，静海的革命事业有了组织依靠，党的火种逐渐遍布静海各地。

1941 年，和静海相邻的大城县已经有了共产党政权，冀中军区贯彻执行中央扩大解放区的指示，在七区区委书记程毅、区长刘惠民的带领下，向与大城县接壤的静海开辟工作。

酆里村在静海的最西部，全村不足百人。因该村离文安和大城很近，有一座远近闻名的药王庙，每到庙会时间，周边村庄的百姓都会到庙里

祈求平安，情报员和地下党员可以借机秘密接头，开展革命工作。且药王庙在村外，比较僻静，夜晚可以安顿负伤的战士暂时落脚，非常适合可进可退的游击战术。因此，军区领导决定在此建立党组织。一旦酆里村党组织成立，还可以借庙会组织大型军事活动。程毅和刘惠民决定把这个最佳联络点建设好，早点把解放区扩大到静海县城。

计划虽好，但万事开头难。正苦思之时，党员张恒在与日军游击作战时不幸负伤回来，到哪儿养伤才安全呢？程毅一拍脑门有了办法。因为到过酆里村暗访，知道村里有个叫苑培芝的人疾恶如仇，说清缘由，他必定肯出手相助。于是，张恒被送到他家里养伤。出生在穷苦人家的苑培芝当时三十多岁，对日本侵略者那是恨得牙痒，恨不能像孙悟空一样，钻入敌人肚子搅他个心疼肝颤。当他看到因打日军受伤的张恒时，又是心疼，又是着急，更激发了他与敌斗争的勇气。

他把张恒接进家门，扶上热炕、盖好被子，苑培芝问张恒怎么受的枪伤，张恒善意地说了谎言：家里有个小生意，由静海去文安联系货源的路上路过日军的卡口，日军问口令，他光想着生意上的事，没及时回答，被日军一枪打倒，幸亏同行的人机灵，偷偷给了日军几块大洋，才把他背出来。张恒和苑培芝同吃同住，借着交谈的机会，他有意无意地假装羡慕静海周边游击队的好汉，和共产党领导的解放区军民的鱼水情，苑培芝听后也非常羡慕，他恨不能鄑里村也能成为解放区，不再做被欺压无力反抗的"顺民"。经过一段时间的观察和抗日思想的慢慢输入，张恒觉得时机成熟，向上级领导请示后，决定和苑培芝吐露实情。一天晚上，家里只有张恒和苑培芝。张恒试探地说："苑大哥，我要向你承认错误。"苑培芝一愣："你哪儿错了？"张恒非常坦诚地回答："我刚来你家养伤时说的是假话，其实我是在静海偷袭日军，被日军打的。"苑培芝一听，激动地用拇指和食指比画着"八"问道："你是这个？"张恒点点头。苑培芝兴奋起来："你们再去打日军叫上我，我浑身的力气，去揍这帮狼崽子。""你不怕日军知道，杀你全家吗？"张恒进一步试探。苑培芝痛苦地低下头："我不这样做，就能逃脱被杀的可能吗？日军杀了多少无辜百姓？"张恒一听心里踏实了，以后这一颗新的红色火种，可以点燃这片凄风冷雨下的荒原。带着任务养伤的张恒还是不敢轻举妄动，这重要的一步，关系到整个局面的得失。他进一步观察苑培芝和他身边的人。有个叫苑正春的人经常来他家串门，十八九岁的年纪，和张恒也很熟悉了，他爱听张恒给他讲家国说骨气，对日本侵略者深恶痛绝。苑培芝身边没有亲日的朋友，没有还乡团和壮丁队等打着伪国民政府旗号的土匪亲戚，苑培芝有安全隐秘的工作条件。他几次试探苑培芝，假装自己伤势未

好，请求苑培芝帮自己跑腿，去大城送情报，护送伤员去隐藏地方。苑培芝胆大心细，都能秘密地执行好，不向任何人透露消息。

春暖花开，张恒的伤基本痊愈，马上就要投入新的战斗。一天，他和苑培芝到地里耕地，中午休息时间，张恒把自己是共产党员的身份亮明，问苑培芝愿不愿意加入共产党，一起带领广大群众打日军，为老百姓建立自己的新政权，苑培芝毫不犹豫地点头。

1941年3月，在张恒和王万成介绍下，苑培芝郑重宣誓，正式加入中国共产党，化名王志远。第一颗火种播下，就要让他尽快发光发热，上级鼓励苑培芝竞选鄮里村村长，又发展苑正春为党员，化名杨志远。苑培芝和苑正春带着革命任务，对每一个村民细心观察，发现嫁到鄮里的申秀英在女人群里有威望，谁家有大事小情，夫妻、婆媳矛盾，她三言五语就能麻利解决，村民们都很信任她，若把她发展成共产党员，可以有力地扩大后方保障，广泛发动村里的妇女们做军鞋、挖地道、养护伤员。于是，特意安排她做村里的妇女主任，借机观察她的胆量和态度。

和苑正春同岁的王文谦，大胆地找村长苑培芝提建议，想要建立一支保家卫国的护村队。苑培芝试探他："你手无寸铁，拿什么和日军、土匪抗衡？"王文谦被问得哑口无言。

苑培芝是看着王文谦长大的，对他非常了解，知道他聪明有文化，爱读书看报，对时局现状非常了解，便隔三岔五地找他聊天，循序渐进地传播党的宗旨和红色革命思想。王文谦巴不得加入这样的组织，他恳求苑培芝："咱们附近有这样的人吗？您介绍我认识认识，我要跟着他干"。"有是有的，这样的人，日本和汪伪都恨，如果被抓是要砍头的。""横竖是死，与其当亡国奴跪着生，不如挺起胸膛做个热血男人。"王文谦拍拍胸膛，苑培芝一听非常高兴，很快把这个好苗子介绍入党。

村里有了四名共产党员，他们在对妻儿父母都保密的状态下，进行着秘密的革命工作。

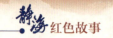

　　1942年，经上级党组织批准，在鄽里村成立了静海第一个党支部。苑培芝任书记，苑正春、申秀英和王文谦（化名高志杰）是成员。党支部成立那天，他们四人兴奋、激动不已，却不能大声言说，革命工作必须严谨细致。为便于开展工作，还得建立一个接受上级指示、分配工作任务的秘密联络点。苑培芝从小被过继给无儿无女的大伯，大伯去世后，年久失修的老房子一直空闲，他提议可以把老房子作为党支部活动地点。每到晚上，他们聚在煤油灯下，一起学习党的纲领，起草行动计划。鄽里村小，只有苑姓和王姓两个家族，不像其他大村人多嘴杂，他们顺利地躲过了敌人一次又一次的地毯式搜查。四个人既精诚合作，又有各自独立的任务。他们经常化装成进城卖鱼卖菜的商贩，到静海配合地下党员张子威，一起破坏敌人、偷袭敌人。在一次战斗中，苑正春被敌人的子弹打进脚后跟，他只觉得脚下一疼，以为被什么东西扎了一下，没有在意，仍继续战斗，直到战斗结束，脚后跟越来越疼，才知道中了枪。因为是枪伤不敢去医院治疗，伤好后，留下了走路一瘸一拐的后遗症，人们给他起了个外号——瘸老杨（化名杨志远）。

　　静海地下党和游击队壮大成熟后，他们四人又接受新的任务。作为老党员，像张恒一样去了新的敌占区，发展新的党员，继续传播红色革命思想。

参考书目

《静海革命史》1997 年，中共静海县委党史研究室编著

《静海故事》2017 年，中共天津市静海区委宣传部编著

故事拓展

静海第一个党支部纪念馆坐落于王口镇鄮里村，源于1942 年静海最早的党支部——中共鄮里村支部的建立。第一个党支部纪念馆的建立是静海党史上具有里程碑意义的重大事件，为全面展示静海人民在党的领导下走过的奋斗历程，

充分发挥党史以史鉴今、资政育人作用具有重要意义。

　　纪念馆于2019年9月建成，分上下2层，建筑面积约400平方米。整个展区分为"星火之光""党组织建立和夺取革命胜利""探索中前行""改革开放中成长"和"奋进新时代"五个部分，陈展照片238张，实物40余件，为参观者提供直观、形象、生动教育。纪念馆集资料展示、思想教育、红色旅游于一体，通过图文并茂、实物陈展等方式，全方位讲述静海革命、建设和改革的历程，是全区广大党员干部群众和青少年学生进行理想信念教育、革命传统教育、爱国主义教育、思想道德教育、廉政文化教育的重要基地。2020年，被公布为静海区爱国主义教育基地。据统计，自2019年9月开馆至今，累计接待各类参观人员近万人次。

隐蔽情报站站长张子威

执笔人：翟振雅

故事梗概

本文讲述了张子威在静海建立隐蔽情报站，全身心从事情报工作，以致被日伪军抄家，举家四处奔波，1946年，张子威被捕，在狱中绝食7天后英勇牺牲，充分展现了共产党员为党的事业无私奉献的精神。

1893年有着百年一遇最寒冷的冬天，自然也是老百姓生活艰难的一年。然而就是这一年，静海县城内（现静海镇三街）张姓商户人家却传出了一阵笑声，家人因男婴哭叫声音响亮，常常做出攥拳踢腿威武小斗士的模样，所以取名——子威。

张子威自幼酷爱诗书，对中医学情有独钟，受中国传统儒学影响，确立了爱国爱民的人生观。民国初年，忧患家国的热血青年张子威深感报国无门，他便用自己所学的知识教书育人，用医术救助生活在水深火热中的平民百姓。1937年，驻屯北平的日军悍然发动七七事变（又称卢沟桥事变），日本发动全面侵华战争。张子威对日本帝国主义的疯狂侵略

和国民党政府的软弱无能痛恨不已，这时候的他才意识到，靠一己之力救助于民终究收效甚微，要想救助更多穷苦百姓，挽救国家危亡，只有放弃个人利益，为国奋起，积极投身到中国共产党领导的抗日救亡革命队伍中去。

1938年春天，张子威毅然放弃受人尊敬的教师和中医职业，风餐露宿，一路奔波，如愿以偿地来到吕正操领导的中共冀中军区第三军分区，被分配负责敌工科电台工作。由于他工作积极主动，成绩显著，同年加入中国共产党。这年深冬，为了搜集更多有利情报，党组织委予重任，分区司令员闫九祥（沙克）指派张子威任站长，回静海老家建立隐蔽情报站，张子威的家人自然而然就跟随他成了战友。

情报搜集是一项需要细致观察、客观分析的艰苦工作，为了便于收集和输送情报，搜集更多日伪军活动情况，张子威利用多年行医、教学打下的根基，以教书先生的身份继续扩大队伍。从此，静海就有了张子威领导的，由僧人印池和贫苦农民赵宝珍、赵宝仁和赵凤鸣以及城内居民李连娣（女）等组成的，来往于城内外，给三区敌工部传送日伪军活动情况的秘密情报队伍。在张子威的精心组织下，大量日伪军活动情况被输送到中共冀中军区第三军分区，使静海县敌占区日伪军设防遭到严重破坏。

1942年初，气急败坏的静海县敌占区日伪军头子下令，不惜一切代价下大力量搜捕共产党人。由于张子威活动范围广，接触人员多，遭到怀疑被特务跟踪。1944年4月被抄家，张子威携全家转移到津浦铁路东的宫家屯村农民张文桥家暂避。

一次，张子威的儿子张达、张玉华接受一项重要任务，化装成鱼贩到周庄子与西路情报员接头；张子威带领邓秀田、张玉成秘密到萧家坟与东路情报员接头，顺利地转交一份重要情报，使军分区领导及时准确掌握敌情，做出战斗部署。在张子威的带动下，张子威

张达　　　　张玉华

一家成了插在敌人心脏里的一把尖刀，更是共产党一双深入敌后洞察敌情的锐利眼睛。

又一次，张子威听说一家地主在天津市区藏有七支步枪愿意交给八路军。张子威听说后特别高兴，这是给八路军补充枪支器械的大好事，必须办成。但是，从天津市区到静海途中有好几道日伪军的卡口，运输成了极大的难题。为了躲避检查，安全地把枪支运出来，张子威化装成孝子护灵，赶着马车，装上棺材，带着家人进入天津。取上枪支后顾不得休息，连夜赶路，机智地闯过几道卡口，辗转把枪支转送到

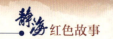

津浦（津南）支队。

　　为解决根据地急需的油印机、油墨等物品，张子威秘密潜入天津，通过内线买到手。为了安全地送出城，他让张承惠化装成新娘出嫁，把油墨灌在装膏药的罐子里，和香气四溢的雪花膏混装裹在被褥里面当嫁妆，把油印机固定到大车底盘。通过卡口遇到检查，张子威就用喜烟、喜糖分散伪军的注意力，一路小心地通过了几个卡口。过最后一个卡口时，他们遭到了严密检查。当伪军头目弯腰想查看车底时，张子威立刻推开检查包袱的伪军，一下子趴在包裹上，偷偷从怀里掏出提前准备的假玉镯，举手晃着和伪军撕扯，大声说："这是闺女最值钱的嫁妆，你们可碰不得。"检查车底的那个伪军头目立刻赶过来，抢下镯子，猛踹张子威一脚，说："还不快滚！"于是，张子威又一次冒着风险躲过检查，把货品安全送到根据地。

　　还有一次，张子威得到消息，八路军干部康秀民、吕耕云携带电台和机密材料在大城县与敌人遭遇，不幸被捕。张子威很着急，找到熟人疏通内部关系。他带领几名助手买通看守，神不知鬼不觉地把战友营救出来，免遭日军杀害。

　　不久后的一天，张子威正在休息，忽然得到情报，说一股日伪军要到双窑村一带抢掠。他马上行动，迅速将情报告知津南县游击队大队长冯景泉。冯景泉立即召集队员研究部署，决定打一场伏击战。于是，津南县大队在双窑村外围设下埋伏，等日伪军进入伏击圈，冯景泉一声令下，大家用步轻机枪，手榴弹一通狂打，三百多日伪军一下子蒙了头，慌乱中进行还击抵抗。因敌人不知我方情况，怀疑遇上了大部队，丢下几十具尸体狼狈逃窜。

1945年，几经辗转，张子威一家转移到王虎庄村，住在伪保长何立常家。11月25日，国民党自卫团团长刘继武率领士兵十余人到砖垛、湾头一带村庄搜粮抢钱，来到王虎庄村何立常家，发现了张子威父女，看着眼生，顿时起了疑心。何立常赶紧上前解释。刘继武不听何立常的劝阻和解释，下令将其父女逮捕，押到小薛庄进行审讯逼供。穷凶极恶的自卫团士兵按刘继武旨意，将张子威吊起来，灌辣椒水，用皮鞭抽打，用尽各种酷刑逼供。张子威坚贞不屈，矢口否认，一字不说。气急败坏的伪自卫团见无计可施，于1945年12月29日将张子威父女移送到天津监狱看押，经审讯后将其女儿提前释放。在狱中，张子威几次受审都是大骂公堂，毫无惧色。在长期残酷的折磨下，张子威在狱中绝食7天，于1946年1月28日停止了呼吸，时年54岁。

静海县民主政府得知张子威牺牲的消息后非常悲痛，县长耿杰民指派党员张桂岭陪着张子威的女儿，将张子威的遗体运回家乡掩埋。1949年5月，静海县委、县政府联合在县

城内佟家大院，隆重举行张子威及其在古北口战斗中英勇牺牲的儿子张达的追悼大会，祭奠英灵。参加追悼会的部分指战员、机关干部、学生和群众数百人，表示要化悲痛为力量，为解放全中国做贡献。后来，张子威在狱中绝食斗争事迹刊登在《冀中导报》上，传遍了冀中解放区。

张子威生前遗物

1948年5月，张子威的另一个儿子张玉华在平津战役昌平县上下店战斗中为掩护团长光荣献身，年仅19岁。

张子威全家为革命做贡献的事迹感动了千千万万人，他们家的事迹多次在报刊上发表，引起强烈反响。新中国成立后，党和政府对张子威全家革命、父子三人牺牲的事迹给予高度评价，誉其为"革命家庭"。后被录入《中国共产党革命英烈大典》一书。

参考书目

《静海名人》2005年，中国人民政治协商会议天津市静海县委员会编著

《静海县志》1995年10月，静海县志编修委员会编

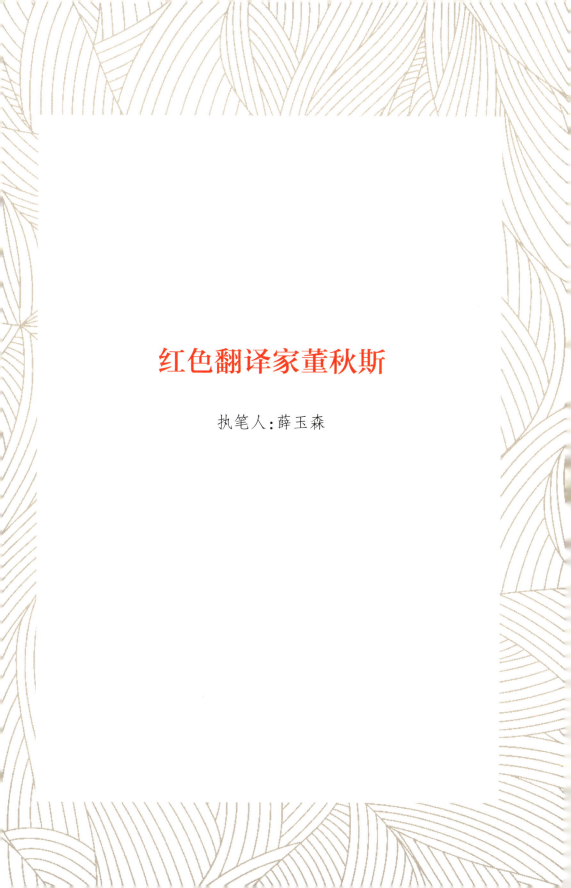

红色翻译家董秋斯

执笔人：薛玉森

故事梗概

本文讲述了共产党员、著名翻译家董秋斯为革命事业奉献一生的故事，充分展现了识大局、谋大事、为人民的文人风骨。

董秋斯是静海刘祥庄人，生于1899年6月14日。原名董绍明，号景天，字秋士。1920年毕业于南开中学，1926年毕业于燕京大学，是静海自有新式学堂以来第一位大学毕业生。

董秋斯17岁考入天津南开中学时，即参加了五四运动。在燕大期间，曾一度和革命烈士刘谦初合编《燕大周刊》，发表过不少倡导文学革命的文章。1925年五卅运动爆发时，董秋斯和刘谦初已成为燕大学生运动的负责人。转年，董秋斯参加了三·一八爱国运动，随同燕大学生队伍一起去政府请愿，遭到反动军阀的血腥镇压。

1926年，董秋斯和同班同学且为富商女儿的蔡咏裳结

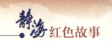

婚。暑期，董秋斯应聘到广州协和神学院教书，夫妻俩一同离开北平南下。当时的广州受第一次国共合作的影响，已成为全国革命的策源地，正到处弥漫着革命气氛。这年10月，刘谦初等约董秋斯夫妇共同发起成立了文学团体——倾盖社，创办《倾盖》周刊。同年12月，董秋斯夫妇辞去教职，并约刘谦初等一起离穗，到武汉加入北伐军第十一军政治部做宣传工作。

1927年2月，十一军政治部决定创办理论刊物《血路》周刊，董秋斯任主编，刘谦初兼任副主编。同时创办了专为战士阅读的《壁报》，积极宣传反帝反封建的革命主张。同年，蒋介石在上海悍然发动了四·一二反革命政变，大肆屠杀共产党人。董秋斯透过这一场场血雨腥风更加深刻认识到，只有中国共产党才能领导中国革命走上胜利之路。

于是，董秋斯不顾身染肺病且已吐血的危重病况，仍旧如饥似渴地学习马克思主义。他拼命阅读当时所能见到的国外文学作品，从中汲取继续革命的力量，以便用另一种方式为党为革命做贡献。他秉承真挚、朴实、全心全意做人的品格与翻译态度，本着"拿来主义""洋为中用"的原则，选择和译介外国优秀文学作品，为革命输送"精神食粮"。

董秋斯翻译的第一部长篇小说是苏联作家革拉特珂夫的《士敏土》。这部书生动地反映了苏联从内战结束向社会主义建设过渡时期的许多重要问题。自1928年起，他在妻子蔡咏裳的协助下，历时两年完成译著。鲁迅给予这部译著很高评价，认为马列主义的书籍和苏联文学作品的介绍与翻译，好比偷运军火给起义的奴隶或像希腊神话中普罗米修斯窃火给人类那么重要。自此，董秋斯不仅与鲁迅先生成为志同道合的朋友，而他之后的许多革命行为也得到了鲁迅从物质到精神各方面的大力支持与帮助。

　　1930年，董秋斯参加了"左联"和"社联"的发起工作。在白色恐怖极其恶劣的环境下，他通过当时在上海的挚友张采真的推荐，带病主编了《世界月刊》《大道》《国

际》三种刊物，积极宣传中国共产党的政策与主张。其中，《世界月刊》刊登的《田中奏折》，是董秋斯最先将日本帝国主义的侵华野心公布于中国读者的。后来，董秋斯与美国记者、作家、社会活动家史沫特莱相识，并陪同她拜见鲁迅先生，进而三人间建立起深厚的革命友谊。转年，经史沫特莱介绍，并征得中共地下组织同意，董秋斯夫妇参加了第三国际东方局的工作，被派往广东执行任务。任务完成后，董秋斯肺病进一步恶化，便被调往上海边工作、边治疗。

1934年，董秋斯在北平协和医院接受了德国医生实验性胸廓成型术，被截去八根肋骨。手术后，他一面强忍着妻子蔡咏裳另有新欢的心痛，一面拖着右肺完全压缩、肺活量不到正常人一半的病体，继续用笔做刀枪，不断追求真理，辛勤耕耘。

1935年至1937年在北京香山疗养时期，董秋斯的体力只要稍一恢复，就开始拼命地读书、学习，还为病友们主编定期刊物，由病友们撰稿，护士们传递，大家相互学习切磋、宣传革命真理。从1938年起，他开始着手翻译被列宁誉为"俄国革命的一面镜子"的列夫·托尔斯泰的代表作《战争与和平》。对这部130万字的巨著，董秋斯逐字逐句地进行咀嚼、消化，以其扎实的功底和顽强的毅力，全部依据英文转译成汉语。1949年出版了上半部，到1958年才全部完成这项宏伟工程。其间，董秋斯还翻译了苏联作家列昂诺夫的长篇小说《索溪》。当年，这部苏联的革命文学作品影响和鼓舞了无数热血青年越过敌人的道道封锁线，冒着生命危险投身革命。

1939年，董秋斯完成了在香港的任务，考虑其身体状况，组织同意其正式退出东方局。同年秋，他只身重返上海后，立即投入到宣传马列主义的工作中。1940年，董秋斯在潘汉年的领导下从事党的地下工作。出于职业掩护和解决重组家庭生计的需要，他在上海广泛参与译介世界名著、翻译外国文学作品等重要文学活动。在上海的十一年间，他带病翻译了列宁的《卡尔·马克思》、拉马格的《忆马克思》、李卜克内西的《星期日在荒原上的遨游》和《马克思与孩子》；翻译了英国狄更斯的长篇小说《大卫·科波菲尔》、美国爱尔文·斯通的《马背上的水手》、美国斯坦培克的《相持》和《红马驹》，以及美国加德维尔的《烟草路》和《跪在上升的太阳下》等名著。为此，他和他的家人遭到日本宪兵的严密搜查和拷问。面对凶恶的敌人，董秋斯咬紧牙关，始终没有吐露党组织的点滴秘密。

1949年上海解放前夕，党决定创办《翻译》月刊，董秋斯任主编。随后，在上海翻译工作者协会成立大会上，他被推选为主席。1950年春夏之交，董秋斯奉调进京。4月，当选为中国民主促进会第一次全国代表大会代表和中央理事兼宣传部部长。之后，他在出版总署翻译局主编《翻译通报》，并先后参与了由茅盾主编的《译文》（后改名《世界文学》）的编审工作。工作之余，他还翻译了英国多丽丝·莱辛的《高原的牛》、波兰亨利克·显克微支的《灯塔看守人》等一些中短篇佳作。

董秋斯生来秉性耿直，刚正不阿，对党、对同志始终如一，毫无怨言。他坚决支持许广平为保护鲁迅书信手稿而作

的斗争，以百折不挠的精神捍卫真理。即使在身不由己的境遇下也要履行承诺，不忘烈士临终重托，尽自己的微薄之力照顾烈士的遗属……

1969年12月31日，董秋斯辞世。

1979年，中国社会科学院为董秋斯平反昭雪。4月12日，组织为他举行了隆重的追悼会，高度评价其一生，"董秋斯参加革命工作几十年，一贯忠于党、忠于人民。民主革命时期，他始终坚持革命，积极工作；在社会主义革命和建设时期，他认真贯彻执行党的方针政策，努力做好爱国统一战线工作；他立场坚定，经受住了严峻的考验；他的一生保持了坚韧不拔的学习精神和实事求是、艰苦朴素的工作作风，是革命的一生、战斗的一生，是党的好党员、好干部。"

参考书目

《静海名人》2005年，中国人民政治协商会议天津市静海县委员会编著

《静海县志》1995年10月，静海县志编修委员会编

《奋斗的历程（静海县卷）》2009年，中共静海县委党史研究室编著

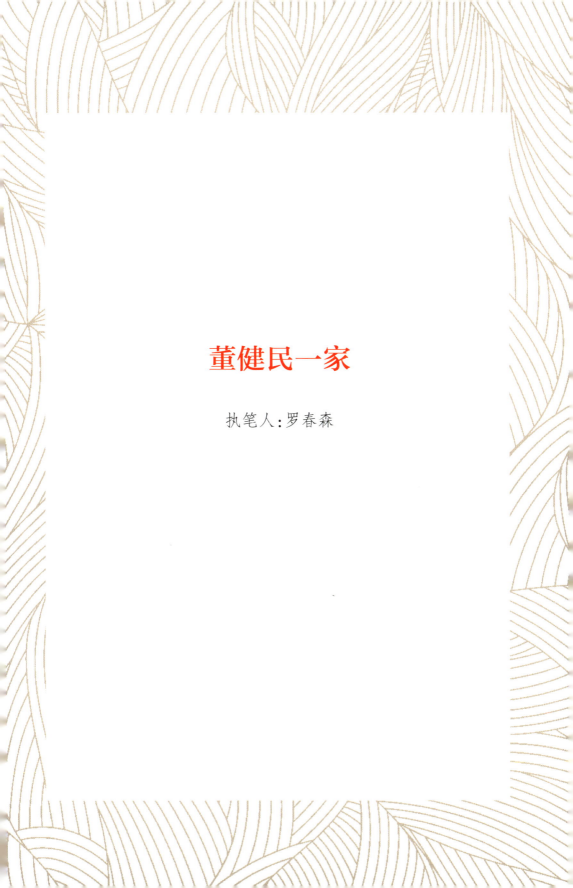

董健民一家

执笔人：罗春森

故事梗概

本文讲述了1946年，中央机要科机要员董健民和钟琪被派往大连情报站工作，途中遇国民党袭击，为保护党的机密，夫妻二人紧抱孩子和机密要件，毅然决然跳入大海，壮烈牺牲。

董健民是刘祥庄人，从小天生丽质，聪慧过人。7岁时与姐姐一起上私塾学文化，幼小的心灵便胸怀高远，要立志做一位不同凡俗的女中豪杰。

1937年7月7日，日本侵略者发动了卢沟桥事变。这一年，董健民十四岁。不久，沉闷的炮声从天津方向传来，人心惶惶的村民开始逃难了。她和全家在逃难中得知中国军队二十九军将士在和侵略者浴血拼杀。看到祖国大好河山遭到日本侵略者的铁蹄践踏，美好家园遭到破坏，百姓遭到屠掠和蹂躏，她心痛不已，心想：可惜我是一个女儿身，不能扛枪卫国杀敌，我要是一名男子汉，一定要尽匹夫之责

去杀侵略者。

董健民随家人逃难到马厂减河边的小王庄亲戚家没住几天，便听到蔡公庄、刘祥庄沦陷的消息，没过半天，又看到二十九军扛枪携炮地开进小王庄村，在村民忙活着给二十九军烧水做饭的间歇中，她听说二十九军官兵要用天然屏障——马厂减河抗击侵略者，高兴的她忙里忙外地和大人们一起做起了后勤。

不久，董健民和家人回到被日军占领的刘祥庄，看到日伪人员在村里的恶行，她彻夜难眠，在报国忧民的驱使下，她以古代的梁红玉、花木兰、穆桂英、窦仙童为榜样，学文习武，准备有朝一日效力祖国。

1939年春天的一个夜晚，十六岁的她再也按捺不住报国的那颗心，找到两个姐姐偷偷商讨当前时局。董健民向两个姐姐提出去南方找叔父董秋斯，二姐同意妹妹的想法，大姐却不同意两个妹妹的想法，并对两个妹妹严肃地说："我们是书香之家，咱都是受到过良好家庭教育的，不能说走就走，必须得到父母同意。"董健民担心地问大姐说："如果父母不同意怎么办？"大姐对她说："咱没问父母，怎么会知道父母不同意？假如父母真不同意，我们不是还可以据理力争吗？咱父母都很开明，会支持咱的！"

董健民的父母都是受到过中国传统文化教育的人，特别是董健民的父亲，曾熟读过四书五经，在村里算得上是博览群书的人。当姐仨来到父母屋时，父亲放下手中的书问："你们仨一起来，一定是有什么大事？说出来听听？"大姐直言不讳地向父母说出想法。母亲听后沉默无言，眼眶里的泪水直打转儿。父亲说："你们听好，古理说：父母在，不远游，可现在国难当头，民不聊生，你们报效国家是应该的，作为父母不能阻拦你们，但你们也不能胡闯，我认为应该征求你们叔父的意见。"于是，董健民研墨铺纸，由大姐执笔，给远在上海的叔父董秋斯写了信。

十几天后，等来了叔父董秋斯的回信，内容十分简单，让三人速到上海去，见面后再商定。姐仨非常高兴，母亲却担心地落泪，千叮咛万嘱咐，要大姐管好两个妹妹。

父亲怕白天三个女孩子出门惹人注意，决定晚上亲自赶车送女儿们到唐官屯火车站。

一路颠簸的马车在午夜前赶到唐官屯火车站。火车进站时，三个女儿跪在地上给父母磕了头，满怀忧国之恨挥泪坐上了南下的列车。

几天的舟车劳顿，姐仨终于到了上海，见到叔父董秋

斯。此时董秋斯已经是中共党员了，得知三个侄女的志向后，便给她们讲了很多革命道理，告诉她们只有共产党才能救中国，并建议她们到革命圣地延安去接受教育。于是，三姐妹在叔父资助下，乔装改扮，奔赴延安。

从上海到延安有三千多里地，途中要通过多道敌人封锁线，很多有志青年都在中途被敌人抓捕甚至杀害，但这些困难丝毫没有吓倒姐仨，她们毅然决然地踏上了去延安的路。

一路上风餐露宿、翻山越岭，终于来到了盼望已久的革命圣地——延安。在窑洞里，她们吃着红米饭、南瓜汤，董健民随口吟诗道：红瓤绿皮是南瓜，面甜味香百姓夸。战士吃罢身体壮，握枪扬刀把敌杀。

从此，姐仨满怀斗志地投身革命熔炉，开启了人生新篇章。

1940年，董健民因表现出色被送进陕北公学，她如饥似渴、废寝忘食地学习，成绩优异，于同年加入中国共产党。

1941年，董健民学业有成，被调往中共中央社会部机要科任机要员，她深知机要工作的重要性，处处认真负责。用满腔热情，赢得了大家信赖，也赢来同事钟琪的爱恋，两人时常相约在一起谈古论今，探讨人生未来。

1942年秋，两人在枣园一间普通窑洞里举行了简单而热烈的婚礼，婚礼仪式上，他们没有彼此相爱的誓言，而是共同宣誓：我们共产党员，要为解放被压迫的人民奋斗到底，为实现共产主义，不怕牺牲自己，工作中严守机密，如有被捕，至死也不能泄露党的机密，定要与机密共存亡。

婚后，两人相敬如宾，工作中相互鼓励，学习上相互帮助，生活上更是相互体贴、相互呵护。

1945年8月，日本宣布无条件投降，抗日战争胜利了。

1946年10月的一天晚上，上级领导把董健民、钟琪叫到办公室说："二位同志，当前的大好形势你俩都看到了？根据上级指示，我们党要在东北地区建立根据地，决定抽调你俩去东北局工作？"两人马上立正答道："时刻听从党的召唤。"领导继续说道："你俩是搞机要工作的，与别的同志身份不同，重任在肩呐！根据东北的复杂形势，有组密码需要你们随身携带。你们此行要通过敌占区，危险重重，这组密码关系到东北地区上千人的生死，一定要精心保护好，遇到危急关头，要以不变应万变，要不惜用生命去护卫它！"董健民、钟琪向领导保证："请领导和组织放心，我们会用生命保护密码的！"董健民随即问道："我们什么时候出发？""先回家收

拾东西，随时听候命令！"发布完指令，上级领导又不忘关切地叮嘱二人，"你们可以顺路回家看望一下父母。"

夜色阑珊，由枣园通向延安的黄土路上疾驰着一辆颠簸的马车，马快车疾，车后扬起浮尘，马车上坐着的正是钟琪夫妇，妻子董健民怀里紧紧抱着未满两周的儿子。

东方泛出万道红霞的时候，他们赶到了延安，又转坐汽车到山西太原后，乘火车到天津，两千多里的路程，连续几天的搜寻验证，让董健民一家劳累困乏。但想起多年不见的父母，想起此行执行任务的艰险，说什么也要早点儿见到父母。于是径直来到了静海县城五十里外的刘祥庄。已是黄昏时分，年迈的父母终于见到了多年不见的女儿、女婿和外孙

回家，惊喜万分。说不尽的知心话，诉不完的思念情，长添灯草满添油，不觉天色已亮。

分别难，心相连，董健民身负重任，毅然决然地和父母洒泪相别，踏上赶赴东北的征程。

董健民一家三口到烟台后，找到地下交通员，交通

员说："为保安全，组织上安排你们乘坐普通商船经渤海湾去大连，从大连坐火车北上"。他们在交通员的护送下登上了去大连的普通客船。

哪知道，天有不测风云，客船离开烟台不久，到渤海湾深水处时，突然，几发怪叫的炮弹从远处飞来，咚咚地落到船上爆炸了，几个血肉模糊的人惨叫着被掀翻到海里，海里顿时血水淋淋，轮船也冒烟起火，摇摆不定。同时，一块火热的弹片正好飞在董健民儿子的头上，儿子"哇呀"一声倒在她怀中，董健民见鲜血从儿子头上涌出，不顾一切地把儿子拢在怀中，一边忍痛用衣服给儿子擦血，一边对丈夫说："敌人来了，保护好党的机要！必要时我们宁愿毁了机要，也不能落到敌人手里。"钟琪点头，说道："我们见机行事。"

这时，敌人舰艇已到近前，迎面拦住客船，一个敌军官用大喇叭高声喊道："船上的共产党董健民、钟琪听好，你们跑不了啦，投降不杀，交出文件，国军有赏！"董健民听他指名道姓，忙对丈夫说："看来我们被叛徒出卖了，敌人是有备而来，我们死也不能让密码落到敌人手中！"钟琪坚定地点头。

凶狂的敌人荷枪实弹闯上船来，个个狰狞恶煞，怪眼翻飞。敌军官一手握枪，两只贼眼审视着船上的每个人，声嘶力竭地喊叫："谁是延安来的董健民、钟琪？马上给我站出来，不然我要杀了你们全船的人！"霎时，十几支枪对准了船上的人，面对枪口，人们吓得惊恐万状，后退着往船边拥挤。

董健民夫妇考虑到全船人的安危，勇敢地站了出来，铿锵有力地冲敌人高喊："我是共产党员董健民！""我是共产党员钟琪！"这声音犹如霹雳一般，令敌人愕然震惊，就在敌人上前要抓他们的紧急时刻，年仅23岁的董健民抱住儿子，将密码紧紧贴在胸前，与丈夫钟琪大义凛然地纵身跳进波涛汹涌的大海中……

参考书目

《静海人民的抗日斗争》2005年，中共静海县委党史研究室编著

《静海名人》2005年，中国人民政治协商会议天津市静海县委员会编著

《静海县志》1995年10月，静海县志编修委员会编

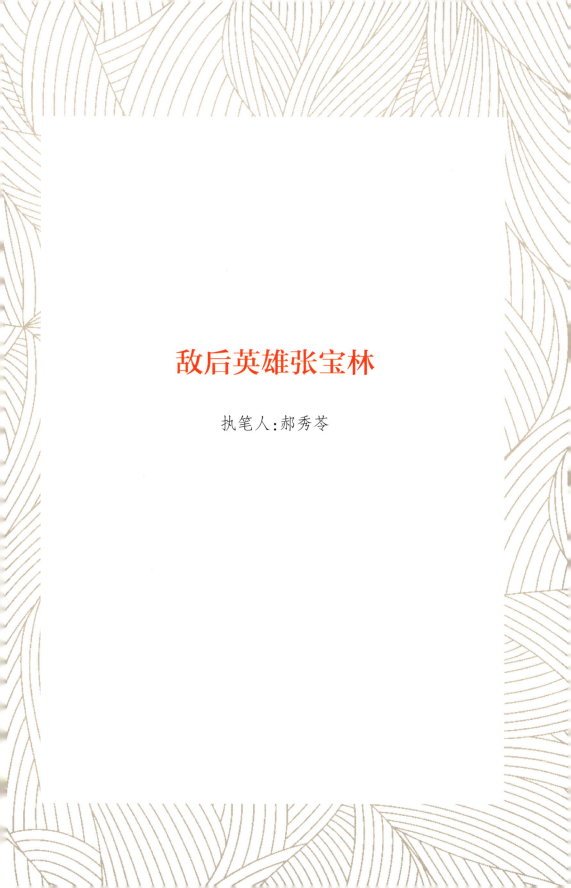

敌后英雄张宝林

执笔人：郝秀苓

故事梗概

本文讲述了宫家屯村武委会主任，"秘抗团"成员张宝林在自己身份暴露、秘密联系人被杀害的情况下，坚决不透露其他地下党员的下落，最终倒在血泊里，尸体被残忍分解，壮烈牺牲的故事，展现了革命英雄大无畏精神。

张宝林，宫家屯村人，从记事起就跟着贫苦的父亲给地主家打长工，一年下来，温饱都不能解决。15岁那年，他和哥哥一起到天津拉"洋车"，白天一身汗，晚上在窝铺里睡凉被窝。

1941年，18岁的张宝林积极寻找打击恶霸土匪、为老百姓撑腰的人民队伍，被在津南一带打仗的地下党员发现。经过一段时间的观察和接触，知道张宝林是条硬汉，是一个有血有肉的中国人，决定发展他加入党组织。入冬后的一天，是张宝林最兴奋的一天，在宫家屯村小学校里，他站在党旗下庄严宣读了入党誓词。

终于找到了梦寐以求的人民队伍，张宝林带着任务回到家乡，秘密发展自己的好兄弟们成立"秘抗团"。带领他们白天打探情报，晚上瞅准时机扒铁道、割电线、劫军粮、送情报，凡是对共产党有利、对日本侵略者不利的事决不退缩，他们见缝插针，不断袭扰敌人，机智灵活地周旋在津南大地。由于作战勇敢、领导有方，他先后担任宫家屯武委会主任，联村党支部书记。日本侵略者对他恨之入骨，多次围捕都没成功。

1946年春天，天气异常寒冷，国民党反动派的白色恐怖弥漫津南大地，许多共产党员被杀，"秘抗团"成员被抓，情况十分凶险。张宝林没有畏惧，依然在家乡周边与敌人周旋，秘密地为共产党发展新生力量，像一颗火苗照亮温暖着百姓的心。

3月23日傍晚，他接到立即转移的消息后，赶快挨家挨户通知"秘抗团"成员，组织疏散。张宝林70岁的老娘一直支持儿子干革命，她担心儿子被抓，催促他快走。临行前恋恋不舍地把儿子揽在胸前："儿啊，你这一走，不知哪年哪月才能回家？""娘，很快的，共产党为咱穷苦老百姓翻身做主，顺民心得民意，胜利就在眼前了。"老娘一把推开他："快走吧，不要惦记我。"张宝林跪下，给娘磕了个头，转身隐入漆黑的夜幕中。

春天已经到了，萧萧冷风挡不住田野里的冰封片片融化，荒草败叶残喘地匍匐着，张宝林似乎听到了土壤下种子们的欢呼，很快就要春意满园、百花盛开了。他疾步走在乡间小路，突然，他想起还有杨成庄的"秘抗团"团员没有通知，若自己一人撒腿走了，跟自己出生入死的队员们不就成了敌人案板上的肉？张宝林越想越为自己的疏忽悔恨不已，他立马回头，连跑带颠地奔向杨成庄，一家家敲门告知，等全部通知完，天已经大亮。而这时，村庄已被敌人包围，张宝林不幸被捕。

伪乡长经焕文，刀疤脸大黄牙，一看逮住的是张宝林，大喜过望，心想：如果策反了张宝林，不但能立下大功，还能从张宝林嘴里掏出其他"秘抗团"团员的信息，更能找到其他地下党的隐身之处，升官发财的机会可算是来了。他让人摆上酒菜，和张宝林称兄道弟地聊起家常。张宝林知道经焕文没怀好心，本不屑搭理他，但考虑到从昨晚就没顾上吃饭，加上跑了一宿几十里路，肚子饿得咕咕直叫，暂且安慰一下肠胃吧。于是大口吃大口喝，权当经焕文是一只哈巴狗在汪汪。经焕文被张宝林如此羞辱，恼羞成怒，一抬手打翻桌子。张宝林不慌不忙地抹抹嘴，大喝道："好孙子，爷正好吃饱。"

经焕文见软的不行，就让手下把张宝林拉进刑讯室，先是一顿皮鞭，把他打得皮开肉绽疼晕过去，又用凉水从他头上浇下，昏醒过来的张宝林破口大骂："经焕文，你狗

眼瞎啦，不咬欺负百姓的混账政府，反过来咬自己的乡亲百姓，你爹给你喂狗屎长大的呀？"经焕文被张宝林骂得一张脸瞬间涨成猪肝色，命令手下又给张宝林一顿皮鞭。但张宝林只要醒来就破口大骂，气急败坏的经焕文真想一枪毙了这个把他十八代祖宗骂遍的地下党员。可转念一想，张宝林掌握着周边地下党的联络信息和"秘抗团"成员的信

息，他不死心，继续威逼利诱。直到把自己折腾得精疲力竭，被打得遍体鳞伤的张宝林还是没说出一丝线索。经焕文见张宝林软硬不吃，又想出一招，他提进来一颗人头，"啪"地扔在张宝林眼前，指着人头对张宝林说："你看看这是谁，你难道也想身首异处?!"张宝林甩甩脸上的血水和疼痛的汗水，一眼就看出来这是自己的直线联系人郭同起的人头，他心疼战友，热泪盈眶。经焕文一看，心中窃喜："哼，不见棺材不落泪的东西，还以为共产党员不怕死呢，原来就是死鸭子——嘴硬。"经焕文心里这么想的，嘴上却满口仁义道德："宝林兄弟，听说你家里还有七十多岁的老娘，在这兵荒马乱的年头，你想想她老人家，如果儿子被枪毙，她以后没人养老送终，还得处处低头过活，风烛残年啊，就因你个不孝子孤苦无依。"

张宝林看到战友血淋淋的人头，想起老娘送他出门时恋恋不舍的眼神，眼泪忍不住地砸在地上。经焕文一看时机成熟，立马换了副假惺惺的嘴脸，他让人把张宝林松绑，扶着张宝林坐下："兄弟，你只要说出地下党和'秘抗团'成员的名单，我不但放了你，还给你升官发财的机会。"看着张宝林紧闭双眼、嘴角抽搐，他又接着劝说："想想你70岁的老娘……"还没等经焕文说完，张宝林挣扎着站起来，一口血水唪在经焕文脸上："你忘了老祖宗

张宝林烈士就义，
刽子手使用的铡刀。

的话，好汉护三村，好狗护三邻，你就是一条疯狗，祸害乡亲百姓。"

经焕文看张宝林死不改悔，恼羞成怒，决定枪杀了他。第二天，张宝林被押到宫家屯，在几百名乡亲和夹杂在百姓里还没来得及撤出的二十多个'秘抗团'成员面前，经焕文进一步威逼利诱："你只要说出这里面有没有地下党和'秘抗团'，我现在就放了你"。

张宝林用依依不舍的目光把乡亲们看了个遍，似乎在无言地叮嘱大家，为了胜利为了新中国，一定要团结一心跟着共产党去战斗。乡亲们看着他被五花大绑、血肉模糊，心疼地偷偷抹眼泪。'秘抗团'成员眼里喷着怒火，几次都想豁出去拼了，被张宝林用眼神制止，他知道这是经焕文用的钓鱼诡计，就等着战友们露出破绽。为了刺激经焕文快速行刑，张宝林又大声骂起来，在老百姓面前把经焕文骂得暴跳如雷，他歇斯底里冲手下喊道："开枪，打死这个死不改悔的共产党。""呼"的一声枪响，子弹穿过张宝林的右臂，张宝林脸上露出胜利的笑容，他高喊着："共产党万岁！毛主席万岁！"又一声枪响，打中张宝林的左肩。紧接着又一声枪响，打中张宝林的后腰，张宝林用冒火的目光盯着经焕文说："你们这一群废物，打靶都能偏离二十里，还狐假虎威个啥？"经焕文被羞臊得狠狠一挥手，示意刽子手继续。四枪、五枪，张宝林还在高呼"共产党万岁！毛主席万岁！"声音断断续续。六枪、七枪，英雄的身体仰躺在家乡的土地，热血浇开冰封的泥土。经焕文想到自己被张宝林骂了两天，也没捞到半句有用的情报，加之想借机威慑其他人，气急之下便命令手下："把他铡成八块。"

张宝林的热血在宫家屯绽放成一树红梅，凌寒的花朵像串串火苗，激励着很多革命志士突破黑暗统治，在发芽、在成长。如今，大花园里早已姹紫嫣红，和平年代的共产党员们，辛勤守护着祖国大地的一草一木，带领着苦尽甘来的百姓一同步入小康，在新时代里再创辉煌。

参考书目

　　《静海人民的抗日斗争》2005年，中共静海县委党史研究室编著

　　《静海名人》2005年，中国人民政治协商会议天津市静海县委员会编著

　　《静海县志》1995年10月，静海县志编修委员会编

王向武率众痛打日本浪人

执笔人：岳喜伍

故事梗概

本文讲述了1935年，日本侵略者推行"华北自治"，一群日本侵略者来到静海王口，强迫民众在"自治宣言"上签字，以王向武为首的王口百姓奋起反抗，将16个日本人一顿暴揍的故事，充分展现了中国民众对日本人可恶行径的深恶痛绝和不肯低头的铮铮傲骨。

1931年九一八事变后，日军越过长城进入华北。1935年7月，国民党政府北平军分会代理委员长何应钦与日本驻屯军司令梅津美治郎签订了出卖华北大部主权的"何梅协定"，并让第五十一军及第二十五师撤退到河北省外，使河北沿线中国驻军兵力空虚。日军趁机广派特务，网罗汉奸，并在华北举行大规模军事演习，欲使华北成为第二个伪满洲国。同年11月，大汉奸殷汝耕在日寇唆使下在通州成立亲日的"冀东防共自治政府"意欲借助反共宣传，推行"华北自治"。

1935年11月12日清晨，寒风阵阵，雪花飞扬，大地瞬间萧瑟，路面行人寥寥，王口大街更是一片静寂。就在这时，在白雪皑皑的子牙河东大堤上，有3辆马车从独流方向驶来。马车上坐着 16 个人，车上还插着日本国旗，其中一面黄色三角旗上歪歪斜斜写着"华北自治"四个字。这一行人由东大堤通过子牙河桥来到王口大街，在大街西头刘家客店住下。安顿好后，便命店主刘维藻去把该镇负责人和大小士绅召集起来到刘家客店开会。刘维藻见他们有的身着笔挺西装，有的身穿宽大日本和服，而且还携带着武器，急忙上前说："几位爷，先歇歇脚，你们远道而来，泡泡脚吃点儿东西，完事我这就差人张罗。"说完立即派伙计寻找相关人员。

时间不长，王口镇的头面人物、商会会长和大小乡绅闻讯赶来，不少好事的群众也涌进客店来看个究竟。商会会长一看来了不少日本人，不知来意，就差人先将屋子打扫一番，之后又在旁边的玉泉坊饭店安排饭菜招待。席间得知，留有一撮仁丹胡子三十多岁的三本义雄是他们的头头。他们此行王口的目的就是为了让王口脱离南京国民政府管辖，实现"自治"。大家听明白后很是气愤，决定先托词稳住他们，陪吃陪聊，但始终没有答应他们的要求。

第二天早上，日本人又命会长、乡绅等人来刘家客店会商，其间还在大院里整队出操，欲以武力恫吓众人。当众人走进客房，只见屋墙上悬挂着一面太阳旗，三本义雄操着一口流利的中国话趾高气扬地说："大日本帝国是拯救你们来了，目前华北唯一的出路就是脱离中国政府实行自治，与我们大日本帝国共建'大东亚共荣圈'，这是'自治宣言'，签字吧。"边说边将一张用毛笔书写的文件摊在桌上，让众人咬破中指签字画押，承认"自治"。识字的走近一看，原来这是一张事先拟好的要求"自治"的呼吁书。

一位乡绅看完后说："先生，签约这可是国民政府的事情，我们都是平民百姓，这个约可不能签！再者来说，这里是中国的领地，不是谁想来就来，想干吗就干吗的，你们到这来，经过中国政府批准了吗？你们有护照吗？"

"哈！哈！哈！"三本义雄冷笑着拿出一颗子弹说，"什么护照？这就是护照！你们不签字就别想活着走出这屋子，来人！把门关上！"他的话音刚落，院里一个日本武士猛地将院大门关上，并在院内将门反锁。这一下在门外看热闹的人们可炸了锅，唯恐日本人以武力胁迫乡绅们签字画押。就在大家愤怒着急之际，人群中有人喊道："赶紧去脚行找王向武吧，让他来收拾这帮畜生！"

王向武是土生土长的王口人，其人身强力壮，从小苦练武功，当时罕有对手，在王口街脚行把式房有"一号人物"之称，而且为人正直，爱打抱不平。自打日本侵入中国后，对日本人恨之入骨，现在听说日本人来王口扣押乡亲强迫签字，更是义愤填膺。他急忙召集十几个脚行把式，火速赶到刘家客店。见大门紧闭，他们用力砸门并向院内大喊"开

门"。院内没人回应，于是立即从邻院的玉泉坊饭店后窗跳进刘家客店。他们迅速将大门打开，门外百姓蜂拥而进，将屋子包围起来。

王向武冲在人群最前面，大声质问日本人："你们为嘛大白天的把门锁上，你们想干吗！这里是中国的地盘儿，不许你们到这撒野！"院内一个矮个子日本人手拿拐杖，傲慢地看着王向武等人，伸出大拇指用生硬的中国话说："我们日本的，大大的！"接着伸出小拇指说："你们中国的，小小的！"王向武听后火冒三丈，对他呵斥道："你个小日本儿会不会说人话，再胡说八道，别逼爷们动手揍你！"话音刚落，那日本人突然挥起拐杖向王向武打去，王向武顺势一个水中

捞月，抓住拐杖。哪知这拐杖是一个"二人夺"，日本人一按拐杖按钮，利剑从拐杖中抽出，大喊一声"八嘎"，就向王向武猛地刺来。王向武见来势飞快，急忙一个闪身，使"二人夺"从他侧面刺过，身上被扫了一刀，有血迹渗出，但无大碍。日本人一看没刺中要害，刚要回头再刺的时候，王向武猛然回身劈手将"二人夺"夺到手，飞起一脚将日本人踢倒在地，动弹不得。这时，院内脚行的把式和围观的群众大喊："不准污辱中国人！打死他！"王向武用手中"二人夺"对准小日本的头，怒斥道："小日本儿，今儿个让你看看中国人的厉害！"然后对众人大喊一声："老少爷们，抄家伙，揍这帮日本人，给咱中国人出口恶气！"话音没落，脚行的把式、乡绅和群众一拥而上，将院内其他日本人打倒，并将屋内的日本人拉到院内，你一拳，他一脚，甚至棍棒齐下，把日本人打得鼻青脸肿、头破血流。不一会儿，这些日本人有的躺在地上"嗷嗷"直叫，有的痛苦呻吟，有的跪地求饶。这时，大家还不解气，脚行的人找来绳子把他们捆绑起来，连拉带踹拖到了十字街示众，并决定把这些日本人拉到村外活埋。

但是，在腐败无能的国民政府的干预下，这16个日本人被送往天津日租界。起初日本以人员有伤为由，强索赔偿，并扬言要派兵踏平王口。而中方以王向武被日本人刺伤为证

拒绝赔偿。最后，日本感觉无法为自己辩解，不得不向中方道了歉，声称那些人是日本浪人，不代表日本政府。

王向武率众人痛打日本浪人的事件在当时引起了轰动，党的《红色中华》以"大城农民痛殴日本浪人"为题刊登了这一消息（王口当时为大城县管辖），英国《泰晤士报》发表了题为"中国人心不死"的文章，罗马《益世报》、中国《大公报》也发表文章，大赞"中国人有志气，王口人有傲骨"！

参考书目

《王口镇志》2002年，王口镇人民政府编著

《奋斗的历程（静海县卷）》2009年，中共静海县委党史研究室编著

刘金榜洗劫日军仓库

执笔人：郝秀苓

故事梗概

　　本文讲述了敌后武工队静海三分区副区长刘金榜在一次执行任务中行踪暴露，不幸被捕，壮烈牺牲的故事。之后，刘金榜的哥哥和弟弟，也报名加入了共产党的队伍，他的3个侄子长大后也参军报国，是名副其实的革命家庭。

　　1937年8月，野蛮的日本侵略者占领了静海县城，老百姓备受屈辱。哪里有压迫哪里就有反抗，大批热血青年参加八路军队伍，打倒日本侵略者保家乡，不当亡国奴。

　　台头的刘金榜带头加入革命队伍，光荣地成为其中一员。二十多岁的他，先后跟着八路军南征北战，屡立战功。随着家乡敌后武工队的发展壮大，再加上他对静海周边地理的熟悉，领导任命他为静海三分区副区长，带领队伍在静海周边打击敌人。

　　因为在日军眼皮底下作战，夏秋季节，他们大多时间隐避在青纱帐里，伺机骚扰敌人，破坏敌人的工事，发动群众挺起脊梁，配合掩护八路军作战。刘金榜年轻有为，胆大心细，带领战友们连续不断地骚扰敌人，令日寇和伪军头疼。

日寇发誓要割下他的人头威慑抗日群众，命令伪军打探刘金榜的行踪，并在台头布下很多眼线。

台头地区一到冬天，冷风刺骨，田野里满是荒草败叶，武工队员们无处藏身。刘金榜在家种过地，冬天挖过储存大白菜的地窖，知道地窖里温暖，防风防冻。他们在运河西靠近静海县城找一块低洼处，趁着夜黑人静偷偷挖地窖。为了隐秘，把掘出来的土用小车推到远处倒掉。刘金榜居住的地窖一人多深，长和宽三四米，上面搭上木头，盖上柴草和玉米秸秆，用棍子绑成木梯方便出入。出口非常隐秘，用一捆玉米秸秆压实，不知道的路过，以为是村里谁家的一垛柴火呢，那年月，村边有很多柴火垛。

寒冬腊月，刘金榜经常带领弟兄们白天躲在地窖里，夜晚踏过结了冰的运河去袭扰敌人。有一次，敌人刚运来补给，有枪支弹药还有饼干罐头。刘金榜得知后，乐得一拍大腿："这小子真孝顺，知道马上过年了，给我们准备了肉罐头。"他让通讯员三来连夜通知分布在其他村的战友们晚上开会。三来是有名的飞毛腿，听到命令立马动身，他要在天亮之前把消息送到分布在周边各村边的十几个地窖里，因为每个地窖最多三四人，少的只有一个人。

晚上，大家兴奋地聚在一起，讨论抢夺物资的办法。刘金榜认为不能再用老办法硬抢，日寇已经吃过亏上过当，肯定加强提防。这批物资不但有日军把守，还派了十几个伪军轮番站岗。刘金榜问带回情报的小战士："看守的伪军里，有认识的吗？"小战士就是静海本地人，他报告说："我有个远房的表哥在里面。"刘金榜沉默思考，大家都不作声，等着他的主意。十多分钟后刘金榜说："你看这样行不行，你假装家里有事去找你表哥，先打探一下站岗伪军头目的情况，明晚我们再拿主意。"刘金榜示意大家解散，各自回地窖等待命令。

第二天，小战士打探到伪军头目外号叫"胖头"，家也是静海的，光棍一人，父母早亡，平日游手好闲、横行乡里，日寇一来立马投奔，为的是能在乡里乡亲面前抖威风。这人有一个相好的，住在县衙附近，据说胖头一直想娶回家，就是女人的病夫还没咽气。刘金榜有了主意，带着小战士在天刚黑时伪装进城，找到了那个女人，让她带着去见胖头。

因为看守物资，胖头这两天都没敢去私会相好的，心里百爪挠心。看到女人主动来看他，美得露出一口大黄牙。女人朝他招手，胖头还以为女人来投怀送抱，美颠颠地跟着，来到僻静处。突然，一支手枪顶住他的后脑勺，严厉地命令："带我俩进去。"刘金榜和胖头勾肩搭背，小战士揣着手假装跟在后面，袄袖里的枪口对着胖头后腰。刘金榜一边走一边警告胖头："有人问，就说我俩是你表弟，到你这坐会儿，说

个事就走。"到了门口，日军的大枪挡住他们三人，胖头敬礼
鞠躬，刘金榜也随着他鞠躬，胖头按刘金榜教的说了，日军
放他们进去。到了胖头的值班室，刘金榜和小战士把胖头绑
上堵住嘴，塞到床下。他俩悄悄地摸到仓库边，看到仓库门
口的两个伪军拄着枪正在打盹，他俩悄悄过去捂住两个伪军
的嘴，在他们耳边低语："中国人别为难中国人，不然就打死
你。"那两伪军也只是在日军那混饭吃，不想和八路军对抗，
更不想死，点头表示明白。刘金榜和小战士把他俩像捆柴火
一样在肩膀、腰部和脚腕捆三道，让其双手结结实实地服帖
在屁股后，一点儿都不能动。

前期工作顺利完成，刘金榜学了两声夜猫叫，埋伏在屋
顶的战士们轻巧地跳下来，砸锁搬扛物资。院外的三来和几
个战友同时捅死了大门口的岗哨和其他几个还做着梦的伪
军。附近几个胡同里跑出来推着小车的战士，他们搬的搬、
扛的扛，人搬车拉把敌人仓库洗劫一空，还缴获几杆枪。

日军被打劫后更加气急败坏，疯狂找寻刘金榜和队员们
的踪迹。一无所获后，日军在县城周边村里张榜悬赏，谁若
带领找到刘金榜藏身之处给大洋5块。刘金榜备足了物资，
为了躲避日军锋芒，告诉战士们躲进地窖养精蓄锐。

再有几天就是春节了，刘金榜自从参加了八路军，已经
好几年没回家看望父母，现在家就在咫尺，思念之情屡屡升

起。大年三十，刘金榜向上级请了假，急匆匆赶到台头，悄悄进了自己的家门，扑倒在老娘怀里，诉说思念之情。老娘鼓励他多打日军，不必挂念家人。刘金榜陪父母吃完饺子已近凌晨，匆匆告别亲人，赶往自己避身的地窖。依依不舍和离别苦痛充斥着大脑，他没有仔细观察就掀开玉米秸秆下去了。这一幕恰巧被村里早起到河边倒尿桶的亲日地主婆看到，她和老地主急忙跑去告密。日本侵略者和伪军赶来，发现地窖口后不敢贸然下去，他们点燃辣椒秧扔进地窖。刘金榜被熏得睁不开眼喘不上来气，拼死往外突围，被日军活捉。

日军将新仇旧恨都发泄到刘金榜身上，最后把刘金榜装进麻袋扔进运河的冰窟窿里。来年开春，装着刘金榜尸首的麻袋横亘在独流木桥桥柱边，嫁到独流的刘金榜妹妹和刘金

榜的战友几次想打捞上来，让英雄入土为安。无奈，桥上有日军看守，目的是进一步抓捕刘金榜的战友。大家只好放弃，眼睁睁看着麻袋顺流而下，无处可寻。

刘金榜的哥哥和弟弟知道刘金榜被日军残忍杀害后，报名加入了共产党的队伍，拿起枪与日军战斗。他三个侄子长大后也参军报国，其中刘生富在抗美援朝作战中负伤，孙辈中也有人继承先辈的志向，沿袭家风到军队历练成长。

参考书目

《静海革命史》1997年，中共静海县委党史研究室编著

武工队岗楼夺枪

执笔人：郝秀苓

故事梗概

　　日军占领静海后不断制造惨案。在敌众我寡、力量悬殊的情况下，八路军敌后武工队在静海人民的掩护下勇敢打击敌人，谱写了一曲军民一心、团结抗战的胜利凯歌。

　　1937年9月日军占领静海后，不断在静海周边制造一个接一个的惨案，手无寸铁的静海人民无力和侵略者公开抗争，只好暗地里地支持和掩护静海的武工队。

　　八路军冀中九分区的敌后武工队经常袭扰日军。这天，武工队周队长给贾正喜分配了任务，让他带着齐一、魏云山、王振海到离静海县城比较近的贾口洼伺机打击敌人。当地地下党组织为他们派了一名机智勇敢并熟悉地形的小向导。小向导叫小毛，13岁，他个子小，一脸童真，不认识的以为他顶多10岁，其实人小胆大。

　　他们一行5人上了南运河大堤，本想到静海见机行事，没想到刚走出不远，突

然远处传来马蹄声，几个日本兵和一个汉奸正急驰而来。贾正喜本想喊："弟兄们躲避。"小毛拉拉他的衣袖，说："他们看见咱们了。"贾正喜一听也对，遇到日军不能躲，一躲一跑他们必定怀疑。于是，就低声说："别紧张，该怎么走就怎么走。"

日军追上来，围着他们转了几圈，用狐疑的眼神不断打量着，那个汉奸高声问道："干什么的，几个大男人在一起，是不是武工队的？"这时，小毛偷偷从衣兜里碾碎干辣椒，假装听到汉奸问话吓得"哇"的一声哭出来，手顺势擦抹眼睛，这一擦，眼泪、鼻涕都流出来。他假装哭着说："我姥姥要死了，让我来叫舅舅和表叔过去说话。"边说边抹眼睛，其他人有的唉声叹气，有的低头假装伤悲，贾正喜一再拱手，日军觉得小孩子不会说瞎话，便扬长而去。

虚惊一场，贾正喜说："这样不行，咱得打扮打扮才能蒙混过关，要是抓个特务帮咱带路就更好了。"

化装不难，可到哪儿去抓个熟悉静海县城的特务呢？正犯愁，小

毛说："我人小，不容易被怀疑，我到附近村庄去打探一下。"不一会儿工夫，小毛就回来了，说这个村里还真有个穿着打扮溜光水滑的人看着像特务。贾正喜说："好，先抓来审审。"几个人迅速进村，见那人正哼着小调闲逛呢。贾正喜使个眼色，几个人不管三七二十一，上前将那人摁住，像捆粽子一样捆了，带到村外一审问，还真是个特务。几个人轮番讲解国恨家仇：不当亡国奴；不许日本人在咱家门口欺负咱的乡亲；要团结起来把日本侵略者赶出去。特务一脸不屑地说："你们有种打敌人去，逮我算哪门子好汉。"小毛用激将法道："你还说别人不是好汉，我看你就是个孬种，为敌人卖命。"那人一脸无奈。贾正喜进一步开导教育，特务突然反问："你们敢去县城抢枪吗？"

贾正喜心说，武工队最缺的就是枪。他知道去县城抢枪要冒很大风险，但心里却跃跃欲试，他问队员："你们敢去吗？"齐一、魏云山和王振海拍拍胸脯："敢，谁不敢去谁就是孬种！"小毛也急急忙忙举手："带着我，我去抽他们耳刮子。"几个人让小毛逗得大笑起来。特务插话说："你这小屁孩还打敌人，快回家帮你娘烧火做饭去。"小毛一听不乐意了："我打不过敌人，我咬敌人，挠敌人，也不像你当汉奸。"特务被小毛说的脸一红一白的，就冲贾正喜说："你们有种就跟着我走，看着你们怎么抢枪，怎么打敌人，真干

了，你们就是真好汉。"

　　说走就走，几个人由特务带路直奔静海县城，天冷风凉，贾正喜看特务穿得单薄，把自己的大棉袍给特务披上，特务被人呵斥惯了，现在当俘虏还被关照，感动地冲贾正喜挑大拇指。

　　大约晚上10点，他们来到县城东门外，特务指着前面的岗楼说："这个门晚上不开，南面那个岗楼有人有枪，不过得蹚过护城河，爬墙进去。"他还特意提醒小毛："你还没河水深，就别去了。"小毛倔强地挺挺胸脯："我会凫水，再说我也得盯着你，怕你临阵脱逃。"两米深的护城河，半人深的水冰凉冰凉，几个人二话不说，悄悄下河朝岗楼摸过去。快到岸边时，小毛脚下不稳，一个趔趄滑倒，哨兵听到动

静，拉着枪栓问："干啥的？"特务赶忙回答："查哨。"哨兵一听是熟人说话，就不再追问。队员魏云山疾速过去，制伏哨兵夺了两杆枪。贾正喜和小毛扒着岗楼门缝朝里面观察，只见四个伪军有的顺着炕沿坐着打盹，有的在地上站着，有的来回踱步。小毛半蹲在门口学猫叫，一边叫一边用小手挠门，一声接着一声。里面的特务烦了，猛地开门骂一声："死猫！"还没等他迈出门槛，贾正喜一个箭步上去，勒住他的脖子，其他队员端着枪闯进岗楼。岗楼里其他三个伪军吓傻了，赶紧举起双手投降。小毛上前一根绳子把4个人绑成一串。齐一和贾正喜抄起枪架上的4支枪背身上。

收获满满，他们背着枪牵着俘虏正准备离去，不料，远处四个换岗的伪军迎面走来。齐一、魏云山挺身上前，端起枪瞄准他们。那4个伪军更怂，丝毫没有反抗的意思，就乖乖地把枪扔在地上。小毛牵着早先那几个俘虏过去："来吧，别愣着了，我牵着你们吃草去。"贾正喜和小毛把这四个伪军也拴在绳子上，贾正喜牵着，小毛捡根棍子赶着，像放羊一样把伪军带到城外。贾正喜给他们讲政策、讲骨气、讲日军恶行。"本是同根生，相煎何太急。"贾正喜见他们都有悔改态度，便放他们各自回家。

武工队这次行动缴获10支枪，有力地震慑了县城的日本侵略者和伪军，受到冀中九分区领导的表扬，八路军县城东

门夺枪的故事被老百姓到处传扬。静海的敌后武工队是共产党领导的队伍，在重重困难下，不怕困难不怕牺牲，英勇顽强地斗争，为静海人民得解放建立了卓越的功绩。

参考书目

《静海革命史》1997年，中共静海县委党史研究室编著

张鹏宝父子怒火惩强盗

执笔人：张洪英

故事梗概

本文讲述了 1937 年，日军到张家场扫荡时发现一条乘坐了 30 多名青年妇女的大船，敌人强迫村民张鹏宝父子驾船追赶。千钧一发之际，两父子和日军展开搏斗，最终两名日军被成功制伏，充分展现了中国百姓勇敢无畏、团结一心、心地善良的品性。

独流镇十一堡村沿河而建，子牙河、大清河在这里交汇，大清河从西流至十一堡村，靠近河岸的西堤叫宋家码头，后来改叫张家场。日军侵华期间，烧杀抢掠，无恶不作。每到一处，祸害当地的女人，老百姓既恨又怕。为了保护好村里的女人，家家户户的女人不论老少，脸上都涂满锅底灰，蓬头垢面，尽量能不出门就不出门。

当时从张家场到猴山一带沿河堤是地下党员的活动区，有村民负责在周边放哨，遇到敌情能提前通知开会或收集情报的抗日人员撤离。

1937 年深秋的一个夜晚，月光照在水面上，水平静得如同一面镜子。这时汽船声从远处传来，打破了河面的宁静，一队日军气焰嚣张地从远处驶来，船头水花迸溅。河岸树上栖息的鸟受到惊吓，扑棱棱飞向夜空深处。在河边放哨的村民看到日军坐的汽船驶向张家场方向，赶紧通知了村里。村长召集村里所有女人，在夜色的掩护下坐船从西码头到北码头躲避。每个人的心头都燃烧着怒火，船桨划破夜空的寂静，女人们挤在一起，没有人因为害怕哭泣。

到达张家场的日军开始了扫荡。一进村便闹得鸡犬不宁。有的用枪挑开门栓直接闯进院子；有的用脚直接踹开院门；还有的从鸡窝中掏出受惊的鸡，准备改善伙食……日寇集合起村里所有人，可一个年轻的女人也没找到，他们疯狂地咆哮。村民们强压着心中怒火，任日军怎么逼问也不开口。最后从汉奸嘴里得知村里把年轻点儿的妇女们全部转移了。不熟悉地形的日军让村长挑选会划船的壮丁去追转移女人们的小船。最后选了面貌老实敦厚的张鹏宝父子，要求他们驾驶小船载着两名日军去追赶。小船在水面前行，日本人眼里放光，想象着抓到"花姑娘"的喜悦，在夜色里露出如同恶魔般狰狞笑容。他们不知道面容老实的张鹏宝父子不止水性好，还有一身好功夫。

独流镇是一座有着千年历史的古镇，水旱码头汇集，水路、陆路、铁路交通便利，商贾云集，不仅带来独流商业的繁荣，也把全国各地文化带到独流镇，武术就是其中一种。

练习武术，不仅能强身健体，在抗战时期，也为保护家园添上了浓墨重彩的一笔。

　　船在河面划行时，张鹏宝父子俩就用眼神交流，伺机动手消灭这两个日本兵。当小船远离村子，行驶到水域宽阔的地方时，船的速度慢了下来。日军发现船不前行了，叽里咕噜地说着日语，用枪对着张鹏宝父子。深秋的月色把小船上的一切照映得清晰可见，父子俩一打手势，同时扑向了日本兵。张鹏宝在扑向手扶着船帮的日军的同时，从腰间拽出手锤。这手锤用生铁铸成，十几斤重，在张鹏宝的手里飞速旋转，直直地砸到日军的手上，日军的手指顿时就血肉模糊，被砸成了肉泥，紧接着飞身一脚把还没回过神来的日军踢到

水里。

此时，张鹏宝的父亲牵制住另一个日军，用撑篙打掉他手中的枪，随后一脚将其踹下船去掉到洼淀水中，随后一篙插下去，正扎在他的肛门上，让其鲜血直流。他哇呀乱叫，并在水中挣扎，慢慢地沉入河水中。河面又恢复了平静。

村里30多名青年妇女被安全地送到北码头隐藏起来。张鹏宝父子驾驶小船划向猴山方向没有回村，躲过了气急败坏的日军的搜查。张鹏宝父子的英雄事迹成佳话一直被传颂至今。

参考书目

《静海革命史》1997年，中共静海县委党史研究室编著

《独流镇志》2009年，独流镇地方志编修委员会

锄奸队员李庆文

执笔人：李庆坤
　　　　冯家义

故事梗概

本文讲述了1937年，锄奸队成员李庆文一次次与张耀勋自立武装的"青静大剿共大队"周旋，后在执行任务中被捕，被敌人扔进了奔流的河水中壮烈牺牲的故事，充分展现了党的战士奋勇斗敌、英勇无畏的革命精神。

1937年初秋，日本兵占领了王口、瓦子头（大瓦头村原名"瓦子头"）。这一带的百姓经受着侵略者的奴役和欺压，整日里惴惴不安，四处逃亡。"哪里有压迫，哪里就有反抗。"共产党发动群众扒铁路、割电线、毁公路，以各种形式同敌人展开斗争。

当时，敌方除了有武装精良的日军，还有为数不少的汉奸、恶霸死心塌地投靠日本，他们不仅鱼肉乡亲，还大肆残害八路军和抗日人士。特别是张耀勋自立武装的"青静大剿共大队"，造枪械、种鸦片、开烟馆，成为当地一霸，对共产党领导的抗日武装造成严重威胁。

为了有效打击这些汉奸、恶霸，人民武装静大县支队在韩仰山政委的领导下，组织了一支锄奸队，对死心塌地投靠

日本人、罪大恶极危害人民的汉奸和恶霸实行定点清除。

在锄奸队里，有一位20多岁、血气方刚的小伙子，他高挑个儿，长方脸，浓眉大眼，身穿十三太保小褂儿，头戴春秋礼帽，步履矫健，行走如飞，经常出没在子牙河西一带。在他的枪下，除掉了不少汉奸、恶霸，令汉奸大队闻风丧胆，惶惶不可终日。

李庆文有个比他小一岁的堂弟叫李庆如，在日军的逼迫下，堂弟当了伪瓦子头乡的"乡长"。但他为人正直、善于交际、乐于助人，与张耀勋曾多次打交道，称得上是"较好"的朋友。同时，他拥护共产党，经常对八路军给予掩护和物资支持，凡是共产党的队伍来了，李庆如总要找李庆文私下安排食宿，一来二去，李庆文家就成了共产党的"堡垒户"。也就是在这样的背景下，李庆文接触了革命思想，加入了抗日队伍。

1941年冬天的一个深夜，李庆文在文安县翟家村刚除掉一个汉奸就被敌人发现，因寡不敌众被捕，被押送到张耀勋指挥部。张耀勋见此人少年英俊，眉宇间透着一股英勇之气，围着他转了两圈，开口问道："小伙子尊姓大名？何方人士？"

"大丈夫行不更名，坐不改姓，李庆文，瓦子头人。"李庆文冷冷地答道。

"哦?"张耀勋沉吟片刻问道:"瓦子头李庆如可是你弟兄?"

"正是,是我的堂弟!"

张耀勋听后,在屋里来回踱了两圈,然后摇通电话:"喂!庆如吗?你有个堂哥叫李庆文吗?"

"啊!张司令!你老稍等,我马上过去!马上过去!"

李庆如深知张耀勋是个杀人不眨眼的魔头。庆文哥落到他手里,怕是凶多吉少,遂不敢怠慢,急忙找家族筹得洋钱一布口袋,用骡子驮着,在乡公所二位公差的陪同下,火速奔往子牙,面见张耀勋。

二人见面,寒暄一番,李庆如叫二公差抬来大洋。张耀勋假惺惺地说:"庆如,你来了就行了,还捎钱干吗?算啦算啦,将人带回去好好劝劝,往后别跟共产党瞎折腾啦。"然后喊来部下,下令:"放人!"

李庆如好言相谢,将大洋给张耀勋留下,带着哥哥回家。

到家后,父母、妻儿劝说庆文不要去冒险了,安安稳稳地过日子,省得让家人们担惊受怕。可李庆文信念坚定,壮志未酬,何以轻言罢手!不出20天,趁夜幕降临之际翻墙而出,重归部队,继续进行他的锄奸使命。

有一天,李庆文接到去文安臧儿庄锄奸的任务。为了缩小目标,不惊动敌人,他只身一人潜入臧儿庄,来到汉奸住

所，却不料汉奸早有准备，一进院就被包围。危急时刻，他当即击毙了汉奸头目，并与其他汉奸展开搏斗，终因身负重伤又一次被捕。

在指挥部里，张耀勋一改先前的态度，露出狰狞面目，声嘶力竭训斥他为什么不听劝阻，利诱他只要说出八路军的驻地和人员，就可以放他回家。但张耀勋得到的回答却是："不把你们这帮汉奸除净，我是决不罢休！"

"大刑伺候！"张耀勋气急败坏地大喊。

刑讯室里，各种刑具轮番使用，但室内只听到暴徒的吼叫，没听到李庆文的一点声音。无奈之下，张耀勋下令："杀掉！"

瓦子头乡公所里，伪乡长李庆如正忙于公务，突然传来急促的电话铃声，他拿起电话放到耳旁：

"是庆如吗？"传来的是张耀勋带着怒气的声音。

"啊，是！是！张司

令啊!"李庆如急切地迎合着。

"庆如啊!你这个堂弟是太不听话了,死心塌地跟共产党啊……"

"张司令,息怒!息怒!枪下留人!等着……"

"别等了,我的人已经把他装进麻袋扔到子牙河啦,你们去瓦子头桥下给他收尸吧!"

李庆如何尝不知张耀勋的人性!心狠手辣,杀人不眨眼……

"叭"的一声,电话机掉在地上,传来对方摔听筒的声响。李庆如着急地招唤人:"赶紧到河里找人!"

子牙河边,十几号人齐聚瓦子头大桥之下,沿着河沿一路往南找。那天,大北风呼呼地刮,汹涌的河水泛起一坨坨的"浆糊",即将冻成冰的河里,哪里还能看得到漂浮物啊?

20多岁的李庆文为了革命事业,没留下尸骨,融入了滔滔奔流的子牙河……

老八路张景波

执笔人：郝秀苓

　　本文讲述了张景波自1942年成为八路军区小分队小交通员以来，始终以党的任务为重，不畏艰险，奋勇杀敌，荣获战斗英雄的故事，展现了八路军坚守己任、舍生忘死的气魄。

　　张景波，小名张常在，1927年10月出生于中旺镇丁庄子村，家庭困难再加上日本侵略者欺压，于1942年4月在文安报名参加了八路军军区小分队。入伍后，他担任交通员，去各个地方通信，经常出入敌占区和危险环境。在担任交通员的一年多时间里，表现很好，积极勇敢，出色地完成上级领导交代的任务，受到多次表彰。

　　有一次，领导派他去青县潘庄子村送信，情报紧急必须尽快送到。张景波哪敢耽误，路上没人时他就加快脚步猛跑，有人时就装作闲庭信步。就这样他一天走了一百多里路，几乎没吃没喝没有停歇。第二天，到子牙实在跑不动了，才找地方填饱肚子，及时把信送到潘庄子。还有一次，去青县送信，当时下着倾盆大雨，道路泥泞难行。可任务紧急，必须立刻出发，他找了一件上衣蒙在头顶挡雨，光着脚连忙出发。一个人行走在狂风大雨里，雨水没过膝盖，他踉踉跄跄连跑带爬。突然，一阵狂风袭来，夹带着雨水砸进他的眼睛，他身子一晃跌倒在地，瘦小的他被淹没在雨水里，只有头上的衣服被雨水使劲向后冲刷着。他使劲挣扎着，手拄在地上，由于脚滑根本使不上力，一个侧翻又倒下。等他爬起来时，脚上已被划出了血。这种恶劣天气，他即使回去，领导也不会说他什么，可他心里想的是不能耽误时间，军人就得严格执行命令，情报早点送到，战友就早点准备。趟着泥水，顶着狂风暴雨，终于到达了目的地，他已经冻得浑身发抖，脸色铁青。

熟门熟路送情报，无非是天气恶劣，敌人阻拦。有一次的任务是远途送信，对于当时没出过远门，不像现在有导航的人来说，可就困难多了，如果走差了路，就得耽误送到时间。他就每见到村，看见人就打听，边走边问。他饿了也不敢吃饭，怕耽误时间。就这样，天黑之前终于把信送到目的地。当交通员这一年里，张景波练就了一双铁腿，只要有信件就立马出发，来来回回不知跑了多少路。路途再远，情况再危险，他从不抱怨。领导多次表扬他，可他总是谦虚地说："这是我应该做的。为了人民，为了祖国，我受多大的苦都无所谓"。

　　由于张景波的工作表现好，1943年8月在任丘参加了八路军，被分到三十八团，成为拿起枪杆子打敌人的战士。与敌作战，他不怕困难、不怕牺牲，执行任务总是冲锋在前，有立功表现，被升为机枪班班长。当了班长，他更加严格要求自己，带领着全班人员奋勇杀敌。

　　在一次战斗中，他为了掩护刚入伍没有作战经验的小战士，腿被敌人的子弹射伤，他还坚持作战，最后被卫生员强拉下来。子弹留在腿里，必须手术取出来，当时部队药品紧张，他咬咬牙说："不用麻药，取吧"。医生看他是条硬汉，让俩人按住他的腿，一手术刀下去，划开皮肉，张景波脸上豆大的汗珠流了下来。他咬着牙一声不吭，等把子弹从腿里取出来，他把嘴都咬破了，人也疼昏了过去。

养病期间，他不放心前线的战友，几次提出出院，医生说他腿伤还没好便不答应。最后他趁护士不在时，偷偷地溜出病房，回到所在连队。

1944年解放中旺，他冲锋在前，机智勇敢，多次立功。1945年抗日胜利后，本以为可以安居乐业，可又面对国民党发起的内战，他继续战斗，哪里需要到哪里去，在炮声和战火里出生入死。1946年6月解放盛丰战役中，他带队奋勇杀敌，为了给大部队创造时机，转移敌人的注意力，他冲在最前面，加大火力把敌人的炮火吸引过来。突然，众多朝他射来的子弹中，有一颗穿透了腰部，他眼前一黑晕了过去。当他醒来时已躺在医院。他睁开眼就问："大部队怎么样了?"旁边的战友告诉他："有众多像你这样的拼命三郎，大部队才转危为安。"他露出了胜利的微笑。手术做了4个小时，他由一个生龙活虎的小伙子，变成瘫痪在床病人，在医院里治疗了2年身体才基本康复，却落下了残疾。

新中国成立后，他荣获战斗英雄奖章，也被鉴定为二等残疾。这就是张景波的事迹，为新中国诞生，我国有千千万万和张景波一样的老八路军，付出青春甚至生命。

潘宝林深入虎穴探敌情

执笔人：冯家义

故事梗概

　　本文讲述了化名李永福的地下党员、静大县南万营村农会主任潘宝林机智打探驻守郑庄村日军情况，抓住战机，重重打击敌人的故事，充分展现了革命战士不畏险境、机智勇敢的精神。

　　1944年，抗日战争处在由战略相持向战略反攻的转变时期，中共冀中军区和静大县人民武装在地下党组织和堡垒户的配合下，对子牙河沿线的日军发起了多次攻击，极大地削灭了日军的力量。

　　1944年秋天，化名李永福的地下党员、静大县南万营村农会主任潘宝林接到静大县八路军第一区小队的指示：尽快了解驻守在郑庄村日军的情况，以抓住战机，狠狠打击敌人。

　　潘宝林家是党多年的堡垒户，在与日军斗争中，他和母亲一起掩护了许多八路军干部、战士。1944年春，他在鄑里秘密入党后，成为党在南万营村地下组织的负责人——农会主任，并化名李永福。20多岁的他体格健壮、机智勇敢、多谋善断，曾参加攻打王口、子牙日军的战斗，多次为八路军

侦察和递送情报，发动村民同日伪军进行各种形式的斗争，成为党在秘密战线工作的佼佼者。这次接到指示后，他感到困难很大，因为驻守在郑庄村的日军十分狡猾和残暴，要探得敌情，必须付出很大代价。就在他考虑如何探清敌情时，日伪军突然包围了南万营。

日伪军进了村，到处搜查叫李永福的共产党员，潘宝林只好离开年迈的母亲向村外跑去。就在他跑到村东南角时，突然被两个伪军挡住了去路。

"不许动！"一个伪军端枪对准他："你认识李永福吗？他在村里吗？"

"他就是李永福！"另一个伪军突然指着他，慌忙地对另一个伪军大喊了一声。

潘宝林听到这一喊先是一愣，但仍镇静地站在那里，准备与敌人拼命。

这时，另一个伪军把大喊的伪军拉到一旁说："别嚷，这里只有你我二人，你要知道八路军是不好惹的，咱都放明白点吧，以后可别跟咱秋后算账啊。再说了，谁没有求人的时候，只要咱俩不说，谁也不知道。"大喊的伪军不安地说："这事让上边儿知道了，咱俩可就倒大霉了！"

就在两人嘀咕之际，村里的伪保长急匆匆跑来对两个伪军说："两位兄弟，这小伙子姓潘，不是李永福，是大孝子、好人哪！”

另一伪军听了，似乎明白了什么，附和地说："好人就好，好人就好"。

趁着两个伪军嘀咕，伪保长悄悄向潘宝林使了个眼色，然后对伪军说："两位兄弟，刚会儿太君让我找两个人给郑庄的太君送饭，麻烦你二位给找找人吧？"

潘宝林听了这话，心中暗自欢喜，他想，这正是深入敌人内部打探敌情的好机会！但是他意识到，这样自己就会完全暴露在敌人面前，一旦被敌人认出来，就会有生命危险。最后，他拿定主意：为了早日消灭侵略者，让乡亲们过上安稳日子，就是死了也值得！于是，他先是向三个人拱了拱手以示谢意，又一拍胸脯说："我根本不是什么李永福，我是真正的良民，送饭的活儿，我可以干"。

潘宝林被伪保长和两个伪军带到南万营村里，随即在两名日军的押解下，和另外一名村民挑着饭菜向郑庄走去。

深秋的子牙河两岸，到处都是青纱帐，他们跃过一道道壕沟，涉过一片片积水，穿过一块块青纱帐，走了八里多路，来到了郑庄村。刚到村边，就见四百多名日军正在挖战壕、修工事，四门迫击炮和七架机关枪张着嘴，像吃人的野兽。村外杀气腾腾，村内鸡飞狗吠，哭叫不断，潘宝林强压心中怒火，暗暗把日军的人数、工事和武器装备记在心里。

"你们的，统统地苦力。"这时一名日本军官耸动着两撮小胡子向他们号叫着，让他们到村里去。

潘宝林来到村里，把饭菜放下，盘算着怎样把情报送出去。随着一阵鸡叫，那个日本军官把扑扑棱棱的一串串鸡扔在他们面前，叫喊着："鸡的，统统送到大队部！"

送到大队部？潘宝林想，日军的大队部在王口，这不又是一个摸清日军大队部情况的机会吗！真是老天助我！

在日军的押解下，他们背着鸡来到王口日军大队部。

大队部里戒备森严，岗哨林立。趁着送鸡的机会，潘宝林详细观察了日军大队部的情况，伙房、宿舍、指挥部、装备库和各层岗哨尽收眼底。然后，若无其事地走出日军大队部。

当时，八路军第一区小队的驻地在文安县齐庄村，距王口有十来里路，而且满洼都是水，为了尽快将情报送出去，潘宝林向乡亲借了一条小船，乘着东南风，向齐庄划去。

到了齐庄，潘宝林向第一区小队元队长做了详细汇报，很快，八路军向王口和郑庄的日军展开了猛烈进攻，将两地日军来了个"两锅儿端"。

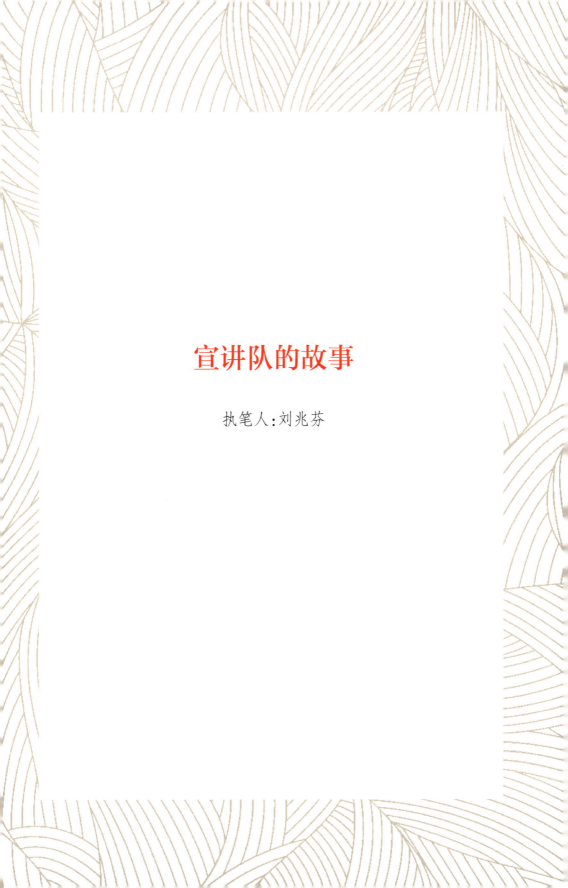

宣讲队的故事

执笔人：刘兆芬

故事梗概

本文讲述了1944年，静大县政府领导组织了一支教师队伍，克服重重困难坚持教学，并通过丰富的文体活动向群众宣传，唤起群众抗日爱国热情的故事。

随着抗日根据地和游击区不断的扩大和巩固，党组织挑选一批有文化、有觉悟、有热情的青年人组建宣讲队，在条件好的根据地或游击区恢复过去停办的小学。为解决师资问题，静大县政府除留用原有教师外，从农村有文化知识的青年中吸收部分拥护抗日主张的年轻人，充实到教师队伍中来。首批参加教育工作的有薛稚、赵永良、王洪施、王洪程、杜芳芹、王庆昭、齐志明、田树功等，他们被分配到各村当教师，扩大了教师队伍。

宣讲队按照党的指示，通过宣传、说服、动员群众，使党的主张成为群众争斗的目标。他们进行逐户宣传、个别谈话、大会讲演，在墙壁上书写标语口号，或者将事先写印好的标语、传单、报纸、布告、歌曲等四处张贴。还秘密举办训练班、读报会、识字班、会议演讲等使广大群众了解革命

斗争形势。

教师宣传队除用大部时间集中上课以外，还用课余时间组织学生列队上街，唱抗日歌曲、扭地秧歌，打霸王鞭，搞游行宣传，既达到宣传发动群众参军参战、支援战争的目的，又增加了学校的吸引力，把更多的少年儿童吸收到学校里来。

上课没有教材，教学内容就由教师自选具有革命内容的课本。所有教材在进行反封建、反侵略等教育和识字教育的同时，充分体现政治教育的主题。主要有《初级小学识字课本》《童子团站岗读书》《少先队课本》《革命三字经》以及《列宁学校读本》等。这些教材既是文化课本，更是政治读物，突出宣传斗争主题，思想性强，有力地促进了革命斗争向前发展。教师把自编课文写在黑板上，让学生抄在本上，并培养一批年龄大、年级高的学生为"小先生"，协助教师，给年龄小的学生抄课文，做文化辅导员。那时办学经费和学生用品都很紧张，教师们就把年龄较大的学生组织起来搞"生产自救"，学唱歌曲《南泥湾》，以359旅为榜样。改"学田"租种为自耕、自耩、自管、自收，用收获的粮食换买教学用品，解决办学经费和学生的书费。还组织学生纳鞋底、搓箔经（打箔用的麻绳），既支援军需，支持生产，又弥补了学校经费的不足。

　　盘踞敌据点的日伪军，经常对距津浦铁路较近的游击区"讨伐"骚扰，在这里工作的教师就采取"敌来我走，敌走我回，集中与分散相结合"的方式进行教学。敌人袭扰时就把课堂搬到青纱帐或坟茔密集的树林里去上课，"讨伐"队撤走了，再回村上课，从未因外界的影响而中断教学。在敌占区，各小学校所用教材一般都备有两套，一套是油印的抗日课本，一套是日伪发的宣扬"中日亲善""共存共荣""大东亚共荣圈"等奴化内容的课本。敌人来"讨伐"时，就以日伪规定的教材应付，敌人不在时，就用抗日课本。授课时，由年龄大的学生站岗放哨，以防敌人的突然袭击。他们对抗日课本保管严密，上课时取出，下课时就收藏好，以免落入敌手。他们用这种学习形式加强对学生进行抗日民主的爱国主义教育，取得了显著效果。

　　县政府民教科副科长郭若当时不过30岁，性格文雅，参加了抗日工作，吹拉弹唱，多才多艺，既是乐队的教练，又是小歌剧的导演，凡是有唱歌的节目，都是他指挥排练，科员杨畔是郭若的得力助手，喜绘画，说话幽默风趣，除负责宣传队的具体工作外，还常扮演角色与教师同台演出。当时参加宣传队的赵永良、边金亭、周玉茹、王洪施、王洪程、刘光桐、张玉峰、李炳恒、刘妆河、于学荣、于学芳等青年教师，最大的年龄不满30岁，爱说爱唱爱跳，是宣传队的骨子力量。

教师宣讲队利用课堂传播革命思想，讲解革命道理，向学员教唱革命歌曲，组织排练文艺节目，大力宣传抗日救亡。仅用二十余天就排练了小歌剧、快板、双簧、小合唱等二十多个节目。并于旧历腊月二十七和二十八两天在小河村搭台举行首次演出。演出通知发出后，周边其他村的群众都赶来观看，宣传队的演出十分精彩，受到广大观众的好评。他们说："宣传队演的是现在的人，当代的事，看得明白，听得清楚。"村里还杀了猪慰劳宣传队。新春佳节过后，在民教科副科长郭若的带领下，先后到流庄、宗保村、德归、滩里等村巡回演出，所到之处都受到群众的热烈欢迎。扩大了党在群众中的影响，唤起了各阶层人民的政治觉悟，激发

了民众积极投身抗日救亡斗争的热情。

在抗日烽火的年代，教师们不是旧时代的教书"先生"。他们的装束和八路军武工队员一样，头上罩白毛巾，身穿土布做的紫花裤褂，脚穿双脸靰鞡鞋，腰间扎一条寸宽的牛皮带，每当执行任务时，每人发一支步枪、2颗手榴弹，到战场参加战斗。1945年8月21日，八分区的23团和17团攻克静海县城时，在解放区工作的教师们也参加了攻城战斗，他们在日伪军的眼皮底下冒着枪林弹雨，穿街走巷，书写大字标语、散发传单、宣传群众、支援战斗，还多次参加扒铁轨，掐电话线等活动，断敌交通，破坏通信联络，支援攻城部队。

这支活跃在静大地区的教师队伍，在抗战艰苦的环境下，胸怀革命理想，克服各种困难，卓有成效地搞好教学和宣传工作，为后来的静海教育事业发展奠定了良好基础，也培养造就了一大批骨干力量。

参考书目

《静海革命史》1997年，中共静海县委党史研究室编著

《奋斗的历程（静海县卷）》2009年，中共静海县委党史研究室编著

孤胆英雄孙明

执笔人：梁秀章

故事梗概

　　本文讲述了1943年至1944年期间，孤胆英雄孙明在子牙镇及周边单枪匹马坚持抗日活动，后来为掩护队友，不幸中弹牺牲的故事，充分展现了革命英雄大无畏精神。

　　虽然已经过去了七十多年，但在静海区子牙镇及周围，仍然流传着孤胆英雄孙明的传奇故事，每当提起他，老人们都啧啧称赞，说孙明细高个儿、双手使枪，是个了不起的棒小伙子。

　　孙明原籍河北省蠡县，1943年至1944年抗日战争期间，在子牙镇及周边坚持抗日活动，他曾在该镇王二庄的堡垒户袁大明家住过。当时抗日还是秘密活动，经常昼伏夜出，出奇制胜打击、消灭敌人。子牙地区被八路军划为第五区，孙明担任静海县第五区区小队队长。区小队相当于八路军的招兵处，他们的任务是发动群众，

吸收积极分子参加八路军，来参军的人先进区小队学习训练，等招够了二三十人，就送去参加大部队。区小队还配合大部队行动，灵活机动地打击敌人。碰到敌人的大部队就打游击战，遇到小股敌人就彻底歼灭他们。当时驻守东子牙村的是汉奸张耀勋的部队，村里有几个大炮楼，子牙河沿岸各村也都设有炮楼。孙明就常常一个人单枪匹马做宣传分化汉奸特务的工作，对罪大恶极、死心塌地的就坚决除掉，汉奸一听"孙明"两个字就闻风丧胆。

有一天晚上，他来到一个炮楼前。炮楼里只有几个汉奸驻守，他打一枪换一个地方，并故意不停地变换着嗓音向敌人喊话。孙明一通忙活，把汉奸搞蒙了，他们也不知道外面究竟有多少人，还以为是被八路军的大部队包围了，几个汉奸吓坏了，便糊里糊涂缴枪投降了。孙明冲进炮楼，拔下了汉奸大枪里的枪栓，用一根绳子把几个汉奸拴成一串，背着几杆大枪押着俘虏往外走，出了炮楼。几个汉奸见里里外外只有孙明一个人，才如梦初醒，也只能乖乖地跟着走了。

1944年10月的一天，孙明带领区小队员袭击了东双塘的"还乡团"，缴获了两挺大抬杆（土枪）、一箱土手榴弹，他自己又去捉来一个"舌头"了解敌情。不料，东双塘的一个汉奸知道了，把这个消息偷偷报告给了驻守静海的日军，日军立刻赶来包围了东双塘。孙明带领区小队向西突围，敌人紧追不舍。区小队泅渡了南运河，孙明让战士们先撤，自己留下来掩护。他穿的黄色上衣非常惹眼，日军追上来，隔着河用机枪扫射，孙明走在撤退队伍的最后，边撤退边用双枪还击，日军的几挺机枪便集中火力向他扫射。孙明不幸被子弹击中，最后由于失血过多，壮烈牺牲。后来，由八路军负责将烈士的遗体装入棺柩，护送回家乡蠡县安葬。

"减租减息运动"之英烈尚凤喜

执笔人：张福顺

故事梗概

　　本文讲述了英烈尚凤喜积极投身减租减息运动，最终献出宝贵生命的故事，充分展现了一名共产党员大无畏的革命精神。

　　1913年，尚凤喜出生在黑龙港河边的东柳木村。那时，黑龙港河两岸的土地大都集中在地主和伪势力手里，农民多以租种他们的土地为生，或依靠捕鱼、织苇席换取点儿粮食勉强糊口度日，劳累一年，除交给地主租粮以外所剩无几。

　　尚凤喜因家庭贫穷，十多岁就给地主当雇工，饱尝了地主阶级的剥削和压榨。整年为地主出力，最后只得到15元工钱或以粮代资的几十斤玉米。秉性刚直的尚凤喜迫于艰难困苦的生活，默默忍受着心中的不平，对为富不仁、仗势欺人、鱼肉乡里的黑恶势力恨之入

骨，对流血流汗的朴实农民充满无限同情。

平日里遇到不公的事他总是仗义执言、挺身相助。有一年冬天，村里几个村民去洼淀里打冬网，忙了半晌终于打了几十斤鱼，刚要收拾回家，却被早在远处伺机等候的地主恶少和几个无赖冲过来抢走了，恶少说洼是他家的，鱼要没收。尚凤喜听说后义愤难平，带着几个村民去说理，见面后对方仍以势压人，不听理论，言语冲撞中升级为动武，哪知尚凤喜不到20岁却力大身健，把上来的几个无赖都打倒了。恶少最后放下鱼悻悻而去。生就疾恶如仇的性格使尚凤喜在村子里很有人缘，给地主家拔麦子，年老体弱的雇工常跟不上趟，拔在前头的尚凤喜总是帮忙打回头。

日寇入侵后惨无人道的侵略行径和黑暗恐怖的殖民统治，让手无寸铁的百姓只能把恨藏在心里。1938年4月，冀中军区组织八路军袭击日寇占据的县城，由于寡不敌众和党的各级抗日组织没有建立而未成功。随后冀中区党委发出"向敌后挺进"的指示，组建地下组织，扩大抗日武装。在这种形势下，尚凤喜被党的秘密抗日组织吸收为"秘抗团"成员。在当时日伪严密统治下，"秘抗团"及党的活动，都不能公开进行。"抗密团"成员的真实身份不能公开，甚至要用化名，抗日活动多在夜里进行，并且本人要遵守"上不传父母，下不传妻子"的严格规定。自加入"秘抗团"后，尚凤喜白天给地主当雇工，夜里给上级送情报，给藏在芦苇荡里的抗日武装津南支队送粮食，协助津南支队端日伪军的岗楼据点。1943年因为尚凤喜表现突出，光荣地加入了中国共产党。

1939年、1943年静海接连遭受洪水灾害，人民生活陷入了更加凄惨的状态，据史料记载，洪水使很多房屋被冲毁，人民群众无家可归，死于洪水的达两万余人。在这百姓危难之际，日伪政府趁火打劫，以治洪为名向全县灾民强收防汛款。一些大地主借水害之机，向灾民发放高利贷，过期不还利息加三。在重利盘剥下有人编出歌谣"九河之水呀长又长，十年九载闹灾荒。官府治人不治水，横征暴敛比水狂，千年血泪几时尽？只盼东方出太阳。"为了拯救民生，为支持抗战，1945年静大抗日民主政府（1944年成立）颁布推动《减租减息和雇工增资运动的指示》。这项运动得到了穷苦大众的支持，顺应了民心。

减租就是按抗战前本地区地的租额减去百分之二十五，租地由上打租改为下打租，雇工工资由以前的工资增长到百分之四十五至百分之五十。

在开展减租减息运动的这年5月，东柳木村在党的领导下建立了村级政权。尚凤喜因能力和表现都极为突出，被推举为村长，尚凤喜常和村干部们说："我们不要自顾自地过

好自己家的日子，要为大多数穷苦人都能过上好日子而努力斗争。"当时的村级政权主要任务是，在县、区的领导下为抗日筹集粮款，宣传抗日政策，组织民兵和积极分子站岗放哨，传递信息，监视坏人，组织群众挖地道，配合抗日武装打击敌人，等等。为了工作，秋天他连家里租种的一亩半地的庄稼也顾不上去收获，庄稼被洪水冲走，妻子领着孩子去洼里挖野菜为一家充饥。

在推动减租减息运动中，有的地主和伪乡保长仍然倚仗着日伪势力，与抗日政府对抗，不如实地呈报土地亩数，见此情况，尚凤喜带领村干部去实际丈量他们的土地，把他们瞒报的土地给予清算，对于雇工没有增加工资的追算他们长期逃避累计的负担。同时清算村里伪政权人员贪污公款、公物行为，在这次减租减息运动中，尚凤喜的工作认真积极，得到了上级领导的表扬，群众的一致称快。然而却得罪了地主和伪政权。据老人们回忆，为了剿灭红色政权，日伪军不断地进村讨伐，抢粮、抢钱、抓革命干部。每次来只是对穷苦百姓下手，对于地主他们不抢，日伪军一来群众吓得四散奔逃。尚凤喜和村干部们也为此采取避实就虚地开展工作，日伪军一来，他们就躲藏起来，日伪军走了又出来组织群众斗地主，开展减租减息运动。把有的地主侵占的校田夺回来分给没地的农民，把地主瞒报的土地折成粮食弄出来分给穷人。村里一些被高利贷压迫的面临绝境的乡亲，因"减租减息"而跳出绝境，对尚凤喜深表感谢。尚凤喜说："跟党走，推翻旧的剥削制度，以后我们会有好日子的。"

1945年腊月二十七拂晓，国民党军队和伪军突然包围了东柳木村，其中一个军官拿着一张纸条，挨家挨户地搜查。当时尚凤喜在前些天帮助津南支队端日伪军据点时，右手被子弹打伤，因没有好好治疗，伤口始终未愈，寒冬腊月，母亲担心他的伤口，不让他去村边草房子里住，让他住到母亲住的暖和些的三间土屋里。早晨，他还在炕上躺着，伪军突然破门而入："你是尚凤喜吗？跟我们走一趟！"尚凤喜因挣扎不过这些伪军被捕。

原来这些伪军突袭村庄，是为清剿共产党干部和八路军而来的。抗战胜利后，国民党蒋介石发动内战，以前的伪军和地主劣绅剥削阶级纠集一起，对共产党发起灭绝性反扑，清剿的名单是减租减息运动中一些逃到城里，一直怀恨在心的地主提供的。尚凤喜的大哥尚凤早是津南支队的战士，是被抓人员之一，恰巧被支队派往回村侦察情况，天没亮去村外解手，发现了敌人，再回来保护二弟已来不及了，赶忙藏了起来。敌人没有抓到尚凤早，便把当民兵的三弟尚凤梧抓去顶替。

在县城监狱里，敌人对尚凤喜进行了残酷刑讯，逼问他上级组织在哪里，共产党上级人名、地址是哪些，拷打得他遍体鳞伤，几次昏迷。但他仍闭口不说，敌人便诱逼"只要你交代了，你二人可保活命"。尚凤喜仍不语，三弟尚凤梧和尚凤喜一样坚强，挺胸高喊："杀了爷，爷20年后又是一条好汉。"

腊月二十九，敌人把尚凤喜、尚凤梧押往城西运河桥头进行屠杀。寒风透骨，满目凄凉，第二天就是大年三十了，俩人不约而同地举目眺望西边家的方向，然后俩人又片刻对视，这时，伪军保安四团的刽子手举刀行刑了，尚凤喜振声高呼"共产党万岁！"随着喊声，敌人的屠刀落了下来，两颗血淋淋的人头落在冰河上。

尚凤喜被杀害时三十二岁，尚凤梧二十六岁。

参考书目

《奋斗的历程（静海县卷）》2009年，中共静海县委党史研究室编著

《静海革命史》1997年，中共静海县委党史研究室编著

攻克独流镇

执笔人:张洪英

故事梗概

　　本文讲述了 1945 年八路军 32 团攻克独流镇,大获全胜的故事,周密部署和英勇作战充分展现了八路军骁勇善战、百战百胜的决心和气魄。

　　冀中军区发起和组织的子牙河东战役取得胜利后,又组织发起了大清河北战役。在组织战役实施过程中,军区把解放独流的任务交给了八路军三十二团。三十二团于 1945 年 7 月 11 日接受了攻打独流镇的任务后,在 12 日就作了研究,并于当晚在团长徐信、政委李克忠和参谋长贾瑞贞的率领下,向独流镇进军。

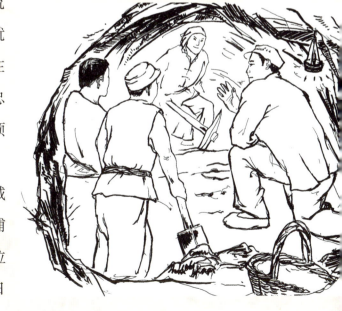

　　独流镇位于静海城区北侧,南运河和津浦路的西侧。由于地理位置重要,这里便成了日

伪军的重要据点。这次战役由五连负责援助任务，其他部队全部参加进攻，党在独流镇的武装组织全力配合行动。他们利用对地理环境熟悉的优势在夜间摸查日伪军军营情况。经过勘察，日伪军据点内驻扎着伪绥靖第七集团军、二十团第一营全部人员，并有武器弹药库1座。针对敌军情况，团长徐信和政委、参谋长及时研究作战方案，部署作战计划。

第一步是围困。敌军的这个据点位于独流镇南面，由5个岗楼组成，占地约1平方千米。据点外围有封锁墙，封锁墙外是封锁沟。敌军用水穿过这两道封锁线通到军营内。强攻没有优势，智取是关键。于是徐信团长组织参战指挥员研究确定了第一步作战计划首先封锁伪军的取水道路，切断敌人的水源。没有了饮用水，日伪军的后勤保障乱作一团。当他们为了吃水慌乱的时候，第二个作战计划开始实施。

战役的第二步，从独流镇南面开始进行坑道作业。同时开挖4条坑道通向敌人的岗楼下边，准备实施爆破。当时，日伪军为了保险，在每个岗楼周围都打下很深的木桩，并且在岗楼下安装了大瓮。坑道在夜间开始挖，避开岗楼上的探照灯，大家悄无声息的作业，用提篮把挖出来的土运到远离岗楼的位置，用手推车推到运河边倒进河里，防止日伪军在白天察觉。坑道作业部队经过三天三夜的努力，把地道挖到了岗楼下面。坑道挖好后，在岗楼下装进了48箱炸药。一切准备就绪，团长徐信、政委李克忠和一连指导员阎同茂组织部队向日伪军开展了政治攻势，劝他们投降。顽固的敌人拒不投降，部队发起进攻，在地面火力攻击的同时引爆了地下坑道中预先装好的炸药，4座岗楼被炸毁。

日伪军穷凶极恶，抓捕了附近村里的老百姓关进最后一个岗楼中和八路军对峙，企图用老百姓的生命做筹码要挟作战官兵。徐信团长指挥作战人员改变战略，为了保障被抓老百姓生命安全，重新制订作战方案，不能再引燃坑道里的火药了，临时组建攻坚团智取。大部队用强烈火力吸引和牵制敌人，攻坚团靠掩护悄悄靠近岗楼。

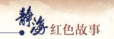

攻坚团冲进岗楼后和大部队里应外合一举歼灭了敌军。被日军抓进岗楼的是附近村里的几十名年轻妇女,有的已被伪团长金奎等人糟蹋后杀死,还有10多名活着的妇女被攻坚部队救了出来。

在这次战斗中,32团全歼伪军1个营,俘敌200余名,缴获重机枪3挺,轻机枪21挺,迫击炮1门,电台1部,步枪200余支,子弹50箱。

独流战役之后,三十二团转移到饶阳县大官庭村,冀中军区司令员杨成武接见了三十二团全体指战员,称赞三十二团打得好!打出了八路军的威风!并希望三十二团继续发扬英勇作战的精神,在今后的战斗中再立新功。

参考书目

《静海革命史》1997年,中共静海县委党史研究室编著

《静海县志》1995年10月,静海县志编修委员会编

《独流镇志》2009年,独流镇地方志编修委员会

抗战亲兄弟

执笔人:张洪英

故事梗概

本文讲述了独流镇冯家村王万起、王万奎及其妻子李氏投身革命，被捕后宁死不透露秘密情报的感人故事，展现了可歌可泣的革命精神。

1946年临近芒种时节，子牙河两岸的麦田在微风的吹拂下荡起层层金色的波涛。沉甸甸的麦穗宣告着丰收在即。夜晚的风吹在身上还不算燥热，河边的柳树像个静默的老人站在风中，远处偶尔划过布谷鸟"布谷……布谷……"的清脆鸣叫。三堡村临河而建，在村里最偏僻的一座土坯房里，几名老党员正围坐在火炕上商议着工作计划。

王万奎坐在靠门的位置，他是独流镇冯家村人。他的哥哥王万起是日伪时期入党的老党员了，从事党的革命工作多年，在一次执行任务时被国民党抓住。国民党想撬开他的嘴，让他说出地下党活动地点以及参与地下党活动的人员名单，软硬兼施，威逼利诱。但王万起面对敌人的百般伎俩毫不吐口，以致恼羞成怒的国民党用尽了酷刑，灌辣椒水、灌凉水、鞭打……但最终也没有让他出卖党组织和战友。王万奎以哥哥为榜样投身到革命队伍中。他聪明机智，曾任静海县二区区公所助理。每天白天，他和战士们一起下地干活，在外人看来就是普通的农民，而当夜暮降临，他们便聚在一起商议怎样和国民党做斗争，怎样配合大部队的作战计划，把白天收集到的信息及时传递给上级党组织。三堡村里一个小院就是他们夜间活动的场所，院外安排好放哨的人员后，就聚在屋里定时开碰头会议。

这天，听到三堡有地下党活动消息的国民党反动派连夜闯进了三堡村。受惊的狗吠在夜暮里分外刺耳。放哨的同志连忙跑进屋让大家撤出村子。王万奎躲进了村边的麦地里。

扑了空的国民党包围了整个小村，探照灯把夜色里环村的麦田照得如同白昼。王万奎不小心脚下一滑，在麦田里弄出了响声，麦穗轻轻地晃动。敌人顺着晃动的麦穗抓住了王万奎。国民党对他严刑逼供，没有从他嘴里得到一丝和共产党有关的线索，为了警示，王万奎被押至台头镇西河沿执行死刑。

王万奎双手被绳索反捆，一路押解到西河沿时，被摁倒跪在地上。敌人想再次从他嘴里得到和党组织有关的情报，给他最后一次机会。但伤痕累累的王万奎"呸"的一声，口水夹着血水啐在了大城县县长黄某的身上。气急败坏的黄某一声令下开枪射击。身中数弹的王万奎一头扎进子牙河水里。所幸的是，因子弹并未打中要害，王万奎凭着好水性和坚强的革命意志，在水里仍潜游了好长时间。终因双手被反捆，在设法上岸时，被紧追而来的敌军疯狂射击而壮烈牺牲。

王万奎牺牲后，没有得到情报的敌人不甘心，到冯家村抓捕王万奎的爱人李氏。得知李氏在独流镇便宜坊附近，便设伏在便宜坊后的运河边抓住了她。

王万奎平时都和谁接触？共产党里谁在和他联系？村里还有多少人是地下党？在哪里开会？哪里接头？这一系列问题怕是只能从李氏口中得知了。李氏得知自己的丈夫已经遇难，眼泪纵横。心里暗中发誓，打死也不会说出反动派们想要的东西，不能让自己爱人的血白流。国民党低估了这个柔

弱的女子。他们把她吊起用鞭子抽打，摁倒在地把屎尿灌进她的嘴里……在王口关押了李氏九十九天，用尽了酷刑，也没能从李氏嘴里问出一个字。最后，敌人又施一计，把李氏放了，让她回到冯家村，然后派人暗中跟踪，李氏识破了敌人的诡计，与敌人百般周旋。国民党反动派终究没有得逞。

王万奎一家抗战的感人事迹一直被人们传颂，英雄的精神鼓舞着一代又一代人。

参考书目

《独流镇志》2009年，独流镇地方志编修委员会

李振书大义凛然赴刑场

执笔人：李庆坤

　　　　冯家义

故事梗概

本文讲述了解放战争时期，已经怀孕并即将参加进城干部培训的中共静海县二区妇联主任李振书在替战友执行任务时因叛徒告密被捕，她不惧严刑拷打，面对屠刀宁死不屈，壮烈牺牲的故事，她以母子的生命捍卫了共产党员的担当与忠诚。

抗日战争胜利后，蒋介石撕毁《停战协定》，派兵进攻解放区。国民党九十四军于1945年10月24日迅速占领了静海一带，大城县伪县长林啸天受国民党委派，勾结驻王口、瓦子头（大瓦头村原名瓦子头）两镇伪军进犯解放区，原为日军效劳的季鸣皋摇身一变，成为国民党静海县保安队中队长和四区区长，并连同静海警察队进驻王口、瓦子头一带，危害人民。为夺取抗战胜利，静海县人民武装在共产党的领导下，同国民党军队展开针锋相对的斗争，并秘密派出工作组，深入到各村开展政治宣传，组织贫农团，斗地主、恶霸，并分粮、分地、分财产，为彻底解放展开积极的斗争。

1946年6月6日的一个晚上，驻扎在南万营村的中共静海县人民武装第二区小队决定组织一支宣传队划船到进庄村

张贴标语做宣传工作，并安排五个人同往。女队员王素（时年16岁）当时正在感冒发烧，不能参加行动。时任二区妇联主任的李振书找到领导说："王素年纪小，又发烧，还是我替她去吧。"

"不行，明天你就要去敌后高阳县参加进城干部培训班了，不能缺席！"领导当场拒绝了她的请求。

"不就是一晚上吗，不会耽误明天的行程的。"李振书解释说。

"你要知道，你怀孕六个月了，行动不便，一旦遇到情况，后果不堪设想啊！"在李振书怀孕六个月和即将走上新的领导岗位的时刻，领导是不会让她再参加行动了。

但是，李振书坚决地说："不要紧，有警卫员杨万辉了，不会出事的，还是我去吧！"

李振书坚决要参加行动的决心，仍没有说服领导。因为领导知道，这位出生在瓦子头村贫困人家、十七岁就给富人家做童养媳的李振书，受尽了无数的苦和难，后来在其婶子、地下党员孟宪臣的启发下，接触了革命思想，终于在地下党组织负责人田亦农、田英夫妇举荐下，在中共静海县二区所在地南万营参加了抗联工作。从此，她全身心地投身革命，每次战斗都冲锋在前，工作起来奋不顾身，受到了领导和同志们的好评。1944年加入共产党，后担任区妇联主任职务。在解放战争胜利曙光到来之际，她即将承担进城后更重要的领导工作，这样的关键时期是不能让她再去冒险了！

但是，在李振书再三要求下，领导终于做出了允许她参加这次行动的决定。

然而，谁也不曾料到，这次行动竟早已被叛徒告了密，一张危险的大网正在向她们张开。

为了便于开展行动，小分队每人左臂上拴一条白毛巾，带上印制好的宣传品，划着船趁夜出发。当船行到进庄村靠岸时，敌人便开枪围了过来，紧急疏散时，李振书因行动不便，警卫员因意外崴脚，两人全都被捕，其他人幸免于难。

在王口义和庄大城县伪政府内（当时王口属大城县），李振书被带到审讯室，伪县长林啸天亲自将饭菜端到她的面前，满脸堆笑地说："跟我们合作吧，只要你说出八路军区小队的位置，我就放了你。当然，我林某人更欢迎你加入国军，我可以给你一个比你在八路军里更高的官儿做！"

"做梦吧！就你这个沾满人民鲜血的刽子手和我讲合作，妄想！"从小就恨透了这些民族败类的李振书一开始就给了敌人有力的回击。

"你看日本投降了，以后就是国军的天下了，你年纪轻轻，还是为以后的日子好好想想吧。"林啸天继续利诱。

"林啸天，你不是不知道，现在，八路军已经对你们展开了全面进攻，目前已经解放了子牙，你们蹦跶不了几天了，还是乖乖地向八路军投降吧！"

……

林啸天见利诱不成，立马露出凶恶的嘴脸："李振书，你不要敬酒不吃吃罚酒，我好心好意劝你你不听，那可就别怪我不客气了！"

"姓林的，你有嘛招就使吧，你也不是不知道，干革命的都不是软骨头！"

"那好！来人！上刑！"

"呼啦"屋外冲进几个人，将李振书绑在刑架上，一顿

皮鞭抽打，李振书浑身是血，仍然昂头不惧。

"真没想到，一个娘儿们还真有骨头，上重刑！"

整整一夜，上老虎凳、上大挂、灌辣椒水……敌人对李振书用尽了刑罚，但她一声不吭，坚贞不屈。

林啸天见威逼利诱没能使李振书屈服，便想了一个损招：不仅每天审讯，还不给吃、不给喝，想以此削弱她的意志。面对穷凶极恶的敌人，李振书宁死不屈，被连续折磨了七天七夜，受到无数次的审讯，她没喝过一口水，没吃过一口饭，更没吐过一个字。

这时，县大队、区小队的领导正千方百计对被捕人员展开营救，决定通过对换、内线疏通、组织劫狱等方法进行营救。但是，此时集结在小邀铺村的县大队也已确定了作战部署，决定6月13日拂晓攻打王口、瓦子头。林啸天知情后，见大势已去，下令将李振书和关押的共6人杀害。

6月12日深夜，即将解放的王口天空阴云密布，敌人的刺刀在黑夜里闪着罪恶的寒光，李振书等6位八路军战士，挺胸昂头，被押解到横贯王口和瓦子头的子牙河大桥上。李振书面对生她养她的家乡瓦子头深深地鞠了一躬，带领众难友走上刑场，在"打倒国民党！""共产党万岁！"的口号声中壮烈牺牲！

6月13日拂晓，枪炮声、冲锋号声响彻王口、瓦子头，经过激战，县大队、区小队攻下王口、瓦子头两镇，林啸天带领残部仓皇出逃。当大家赶到子牙河桥时，发现6位战士都倒在血泊中，李振书的胸口还汩汩地淌着血……年仅26岁的李振书，为革命、为祖国的解放事业献出了宝贵的生命！

参考书目

《静海人民的抗日斗争》2005年，中共静海县委党史研究室编著

《静海县志》1995年10月，静海县志编修委员会编

民兵队长赵德恩

执笔人：杨丹丹

故事梗概

　　本文讲述了敌人逼迫团泊村民兵队长赵德恩指认村民兵团成员家门，赵德恩宁死不说，最终被残忍杀害的故事，充分展现了大无畏的革命精神。

　　赵德恩，1919年出生在团泊村的一个贫苦农民家庭，从小勤奋好学，但是家境贫困无力供他进入学堂学习，所以他经常到私塾的课堂外面偷偷地跟着学习，渐渐地就认识了一些字。在日军侵华时期，他看见了日本侵略者一次次的"大扫荡"和惨无人道的残害百姓，加上后来国民党政权、土匪、伪军以及地方反动武装经常到各村烧杀掠夺、横行霸道、残害百姓、无恶不作，于是他毅然决定加入民兵队伍，投身革命。

　　1945年，赵德恩想方设法和地下党组织取得了联系，积极帮助八路军地方武装组织民兵队伍开展对敌斗争。他工作积极、机灵能干、革命热情极高，经常帮助地下党组织田阁和小吴传送情报。1946年夏天，赵德恩被任命为团泊村民兵队长。

当时团泊村民兵力量比较强，是一支由神枪手赵玉恒，英勇善战的机枪手程润太、程俊树，机灵精明的民兵骨干赵德恩、程维德，工作积极热情的程维领等一批基干民兵组成的队伍。就是这支农民武装，他们一面搞好农业生产，一面积极配合地下党组织开展各项工作，并联合宫家堡、大泊村、小泊村的村民一起顽强地开展对敌斗争，为解放天津作出了贡献。

他们参加了几次比较大的战斗，配合八路军武工队对国民党讨伐队驻地进行突然袭击；向县城津浦线敌人发起进攻。有一次，驻扎在芦北口的国民党讨伐队袭击团泊村，团泊村和宫家堡的民兵组织联合起来，在区小队的指导下，打退了敌人的多次进攻，从此敌人白天再也不敢来团泊村骚扰了。这支民兵队伍多次受到津南武装组织和区小队的表扬。

团泊村距离天津比较近，又是津盐公路附近比较大的村子，所以遭到敌人骚扰是经常的事。

1947年冬天的一个夜晚，西北风使劲地刮着，漫天黄沙，呜呜的声音听起来瘆人，村里人都早早地熄灯睡觉了。而此时团泊村东边的关帝庙里依然亮着灯，八路军津南支队副队长田阁认真地向各村党组织领导干部和民兵队长传达着上级的指示精神，要求各村要积极开展新形势下的对敌斗争，因为据可靠情报，驻扎在县城的国民党河北省保安第八团的一个部队要来袭击团泊等村。同时，安排明天各村召开基干民兵、贫农积极分子会议，继续扩大民兵队伍……会议开了很长时间，到了后半夜，会议才结束，大家都回去休息了。赵德恩和田阁就地在铺好麦秸秆的地上休息。

天刚蒙蒙亮，村北头哨岗传来消息，从县道（团泊村有一条通往县城的大道）方向传来杂乱的脚步声，而且声音越来越大，赵德恩和田阁马上翻身起来，立即做好战斗准备。没等安排完，站岗的又来报告了，这次敌人来的比较多，整个村子除了村南头通往宫家堡方向没有敌人外，其余地方都被包围了。田阁立即安排赵德恩通知党员干部和基干民兵撤离，并嘱咐："敌人这次来势凶猛，必须做到万无一失，对

重点家属也要进行保护"。说完他迅速朝宫家堡村方向跑去，为的是尽快通知宫家堡村也组织党员干部和基干民兵撤离。赵德恩年轻体健，健步如飞，时间不长就通知完毕，绝大部分村干部和基干民兵都已撤离。此时，村北头枪声响成一片，赵德恩和基干民兵张克仁、赵小合再撤退已经来不及了，他们把手中的枪藏在高粱秸垛里面。刚藏好，敌人就来到了他们跟前，敌人恶狠狠地朝赵德恩扑过来，立即逮捕了赵德恩、张克仁、赵小合，又在全村搜捕中逮住了村民张自举，敌人挨个搜遍了他们全身，只在赵德恩身上搜出了一个小折子（当时是当笔记来用的折叠小册子），这是团泊村基干民兵花名册，折子上还注明了民兵队长叫赵德恩，敌人如获至宝。威逼利诱赵德恩让他带着去认领团泊村党员干部和基干民兵的家门，赵德恩一口咬定自己是邻村人，什么也不知道。敌人什么也问不出来，恼羞成怒。于是就把赵德恩绑了起来，先是没头没脑地打了一顿，接着就用烟卷头烫他的脖子，还揪着他的头使劲往地上磕……赵德恩的头被磕的嗡嗡直响，两眼冒花。他仍然沉着冷静，咬紧牙关，一言不发。后来又将他拖到大街上，用刺刀在他身上一通乱划，他身上一道口子又一道口子，被划得血肉模糊。敌人无计可施，一无所获，又怕拖时间长了区队武装会来，最后气急败坏的敌人把赵德恩同志拉到村北头大场上枪决了。

　　第二天田阁回到团泊村，听说了赵德恩壮烈牺牲的事情后，怀着沉痛的心情，组织将赵德恩的遗体安葬，后来，政府追认赵德恩为革命烈士。几十年过去了，赵德恩的事迹仍然在团泊地区流传，他的献身精神仍然鼓舞着人们为建设更新更强更美好的团泊去奋斗。

参考书目

　　《静海洼淀文化》

　　《团泊村志》

智藏油墨

执笔人：冯家义

智藏油墨

故事梗概

　　本文讲述了解放战争时期，中共静大县区小队有30桶油墨需要运过子牙河到大城用于对敌宣传，开大车店的大瓦头村村民岳桂山藏下油墨与敌周旋，终将油墨运抵目的地的故事，充分展示了老百姓对八路军的拥护与支持。

　　1947年初，国民党94军一部和大城县政府盘踞在子牙河以西的王口镇，国民党静海县第四区区公所和静海县警察大队瓦子头警察所驻扎在子牙河以东的瓦子头镇（大瓦头村原名"瓦子头"），他们以子牙河及多个据点为屏障，控制着大城、静海及王口、瓦子头等周边地区，使冀中军分区和地方人民武装行动受到极大阻碍。为了尽快消灭子牙河两岸的敌军，我人民武装在不断袭扰的同时，进行广泛深入的宣传活动，动员老百姓与国民党和地方反动武装及地主恶霸展开积极斗争，以此瓦解敌军。

　　1947年春天的一个晚上，位于子牙河桥东瓦子头村北小街子的岳家老店（即客栈）门前迎来了一辆马拉大车，大车上装着货物，还坐着两个商人。老店掌柜岳桂山见来了客

153

人，赶忙迎上前去打招呼："请问二位是用餐啊还是住店？"

"天太晚了，我们住店吧。"这两人说罢，见四周没人，就把岳桂山轻轻拉到僻静处，悄悄地说："岳掌柜，不瞒您说，我们是八路军县大队的，有三十多桶油墨需要运过子牙河到大城。可现在敌人的关卡查得很严，一时还过不去，想藏在您这店里，待时机成熟就运走。"

岳桂山闻言吓了一跳，转而一想：多年来八路军曾多次乔装打扮来店旅住，尽管自己心知肚明，但始终也没挑明过。这次将这么多东西藏在这，实在是太危险了。

两位八路军见岳桂山面有难色，拉着他的手说："我们早就知道岳掌柜向来积德行善，主持正义，口碑很好。过去我们的同志多次秘密住在贵店，从没出现问题，我们非常感谢您，希望您这次为八路军帮帮这个忙。"

岳桂山听后确认这是真的八路军，便高兴地说："八路军是老百姓的兵，是为老百姓打天下的。既然八路军了解我，相信我，那我就为八路军做点事吧"。说着，把两位让到屋里，安排晚饭。

用饭后，两位八路军要赶回驻地，问岳桂山油墨藏在哪为好。岳桂山想了想说："这东西放在店里不安全，经常有查店的，还是放到家宅吧。"

"藏在贵宅太危险了，一旦暴露，要危害您全家啊！"八路军赶忙阻止说："就藏在店里吧，我们尽快运走。"

"每次国民党来查都是到处翻个遍，藏在这里很容易被发现。还是趁着天黑，赶紧拉到我家吧。"岳桂山边说边走到大车旁，解开牲口缰绳，和八路军一起赶着马车将三十多桶

油墨藏在家宅东厢房里，并用麦秸盖好。

两天后，突然从独流方向来了一队国民党骑兵，他们个个跨着刀，拿着枪，先是对客店和店铺逐一搜查，然后又挨家挨户搜查，所到之处，见东西就抢，不给就打。一时之间，全村鸡飞狗叫，百姓们哭叫连天，有的粮食被抢，有的牲口被牵，有的鸡鸭被抓，稍微值钱的东西都被统统掠走。

这支骑兵部队番号是保安第二团（人称"保二团"）。他们驻扎在独流一带，所到之处，抢掠财物，砸毁东西，无恶不作，人们都痛恨地叫他们是"骑马贼"。这次到瓦子头来，是以搜查八路军和村干部为名，进行抢掠。

岳桂山见这些贼兵查完客店又查户，担心家里的油墨被查出，就急急忙忙赶到家里。刚进家门不久，就见一匪兵骑

155

着马来到他家，跳下马，端着枪，大声问道："这里有八路吗？"岳桂山急忙回答："我一个庄稼人，哪见过八路啊。"这匪兵不再问话，而是在院内到处乱翻，还用刺刀捅这捅那。眼看就要进东厢房了，可急坏了岳桂山。他想：油墨就在这厢房里，一旦查出来，要了我的命不要紧，可就耽误八路军的大事了！

这时，匪兵已经端着刺刀进了厢房，刚要挑盖着油墨的麦秸，岳桂山急中生智，忙从怀里掏出一沓钞票，放在匪兵端枪的手上说："兄弟，整天够辛苦的，买包烟抽吧！"

钱一沾手，这匪兵退回了端着的枪，顺手将钱装在口袋里，然后看了一眼麦秸就往外走。走到大街上报告说："这家没嘛！"骑上马跟上队伍向北去了。

躲过了匪兵的搜查，岳桂山如释重负，他庆幸八路军的三十多桶油墨没被发现，也为自己刚才的急中生智感到欣喜。几天后，在一个漆黑的夜里，八路军来了十多个人，悄悄地将所有油墨成功运过子牙河。这些油墨在后来的政治宣传中发挥了很大作用。

1947年6月12日，中共冀中军分区和地方人民武装围攻国民党大城县政府所在地王口镇和静海县第四区区公所所在地瓦子头镇。激战一天，攻克王口、瓦子头各营门和岗楼，王口和瓦子头一带获得了第一次解放。

水上英雄张万芳

执笔人：郝秀苓

故事梗概

　　本文讲述了1947年静大县二区区小队队长张万芳，在装运药品的过程中，中了敌人埋伏，为不给敌人任何机会，张万芳朝自己扳动机枪，英勇牺牲的故事。充分展现了党的战士顾全大局、为革命事业勇于牺牲的精神。

　　抗日战争时期，《冀中导报》几次发表"水上英雄张芳"的英雄事迹。张芳真名叫张万芳，出生在台头一户穷苦人家，一直跟随父母在台头务农、打鱼。战争年代，台头属于八路军和伪政府来回割据的地方，因为没有固定的管辖，周边土匪猖獗，经常到村里打劫、绑票，老百姓处在水深火热之中。

　　一天，张万芳正在东淀洼里打鱼，被淀北的土匪看到，冲过来把张万芳五花大绑押走。张万芳的母亲接到土匪送来的口信，让她家准备一百大洋赎人。一百大洋，对于张家可是个天文数字，老人实在没辙，正焦急无奈时，伪装成铜锅补碗手艺人的地下党员李耀崇开门进来。张万芳家是共产党的堡垒户，李耀崇每次都秘密地以他家为掩护收集情报，和

其他地下党员联络接头，张万芳母亲收留他们，给他们做饭、并把打探到的敌人情况提供给他。李耀崇听说后也拿不出钱，正和张万芳母亲为赎金发愁时，张万芳气喘吁吁地跑进屋，张万芳母亲一看大喜过望："他们放你回来了？"张万芳满头大汗："他们把我扔进菜窖，我挣脱捆绑的绳子，打倒看守的土匪跑回来的。"张万芳母亲一听更慌了："你得赶快藏起来，万一土匪追过来咋办。"

可往哪藏呢，土匪就是掘地三尺，也不会让到手的肥肉飞了。李耀崇一看情况紧急，挑起铜锅摊子说了一声："赶紧跟我走"。他们前脚刚走，土匪就到了，找张万芳母亲要人。张万芳母亲假装哭泣："我还找你们要人呢，你们把人绑去弄丢，快赔我儿子。"土匪屋里院里翻找一顿也没找到，威吓张万芳母亲："一旦我们知道你把他藏起来，就来杀你全家。"张万芳母亲不敢惹怒土匪，连忙央求土匪："你们赶紧找人去吧，找到后告诉我，我给你们钱赎人"。张万芳一路跟着李耀崇到了白洋淀解放区，参加了八路军，跟着队伍打日军。

1945年夏天，日寇投降前夕，台头解放，张万芳受组织派遣，回台头村任村长。8月15日，日本投降，一些日寇帮凶转身变为国民党爪牙，组成由富家子弟参与的还乡团，横行乡里、欺压村民，仇恨共产党人。紧接着内战开始，由于工作出色，张万芳被任命为静大县二区区小队队长，在台头周边多次与敌人交锋。

不久，大城县解放，伪县政府撤到台头，他们认为台头四面环水、防御固若金汤。八路军几次想夺回台头，都没有好办法。张万芳是台头人，对家乡环境非常熟悉，哪里能藏人、哪里能停船、哪些人可以帮助八路军，他都了如指掌，而且水性非常好。他满怀信心地说出自己的想法，区领导点头称赞。为了确保一举拿下，张万芳几次单身秘密潜回台头，偷偷打探伪军数量，炮楼武器装备，伪政府官员的生活习惯等。打探明白后，商量好作战方法。由张万芳带领冀中八分区三十八团的战士们，夜晚凫水偷偷进到村里，震慑了

敌人，解放了台头。

为了解决大清河上游解放区军民困难，张万芳千方百计潜入敌占区，侦察敌情获取情报，为八路军到敌占区购买药品、染料和布匹等急需物资。国民党对这些物资处处管制，带着物资要冲破重重关卡和敌人巧妙周转才能运出来。张万芳和战友有时扮作打鱼卖鱼的，有时扮作去市里走亲戚的，有时就隐蔽在大清河两岸，伺机劫获敌人运送物资的船只。由于他机智勇敢，对地理环境熟悉，屡屡成功，多次受到军区首长表扬，他的英雄事迹在群众中广为流传，《冀中导报》多次载文称他"水上英雄张芳"。

由于他的名声越来越大，他的家人也成为敌人重点抓捕的对象。一家人东躲西藏，提心吊胆。自家房子也被还乡团霸占。为了解除后顾之忧，他劝服父母抛家舍业，把爷爷奶奶、父母妻儿、哥哥姐姐一家9口人送到解放区。然后，他继续带着区小队躲进大清河两岸的青纱帐，忍受着蚊虫叮咬、睡湿窝铺、生吃生嚼果腹的艰苦，伺机打击敌人，为解放区收集更多急需物资、联络情报。

1947年7月，张万芳和战友汪会元撑着小船，到天津装运地下党搞来的药品，他们把药放在船舱底部，上面盖上渔网、鱼篓、苇箔，一路历险过关，直到过了独流。本以为安全了，提着的心刚放下，突然一阵机枪扫射，张万芳和汪会元立马跳下河，手扒船帮看过去，原来还乡团打听到张万芳去了天津，在此设下埋伏。张万芳一看，对汪会元说："药品是保不住了，先给他们，晚上我们再去他们团部偷袭抢回来。"汪会元点头，俩人松开船舱，一个猛子扎到河对岸，正值落水期，河岸高耸，又湿又滑，他们一次一次滑倒好不容易爬上岸，还乡团的机枪又扫射过来，一颗子弹打中汪会元的头。

这时，对岸的还乡团有人撑船过来，追赶张万芳，他们要活捉这位水上英雄。张万芳一边跑一边还击，好汉架不住人多，猛虎斗不过群狼，直到手枪里还剩最后一颗子弹，他宁愿一死也不给还乡团邀功领赏的机会，就在敌人快到眼前的时候，他扣动扳机，子弹打进自己的头颅，35岁的张万芳壮烈牺牲。还乡团见两个人已死，就砍下汪会元的头颅，剁下张万芳的一只手去复命，尸首派人把守。

冀中军分区领导听到噩耗，非常痛苦。为了在敌人手里拿回张万芳和汪会元的尸体，让他们入土为安，派人深入敌占区抓回一个国民政府官员，以此为交换。张万芳的姐姐，怕敌人挖坟毁尸，偷偷把张万芳掩埋在隐蔽的地方。新中国成立后，党和政府为他重新安葬，召开追悼大会，并敬送挽联，更有一位诗人填词写道：烈士始逝兮乡里饮泣，烈士之功兮历史永记，烈士之行兮砥砺后昆，烈士之风兮贫廉儒立。

参考书目

《台头镇志》2007年，台头镇地方志编修委员会

血战团泊洼

执笔人：杨丹丹

血战团泊洼

故事梗概

本文讲述了由津南支队的区小队队长冯景泉（人称冯三儿）指挥的团泊村战斗的故事，充分展示了八路军战士的英勇善战、一往无前。

1948年，伴随着解放战争的隆隆炮声在华北大地响起，滚滚硝烟已经燃遍了整个华北大地，天津人民正在准备迎接胜利的曙光。东北人民解放军在取得了辽沈战役的胜利后，于11月23日挥师入关，准备发起平津战役。中共天津地委决定，由天津县委派出地方武装——津南支队，引东北人民解放军第八纵队24师70团先头部队解放了杨柳青。同时天津外围沿线的许多国民党的据点都被相继拔掉了。当时团泊村一带还被国民党反动派的部队和地方反动民团占领着。驻扎在团泊村的是国民党杂牌军"新海队"，为首的军官是河北省新海县的窦同义，带领着两个大队三百余人的兵力，他们在村东"大圈儿"的地方建起了炮楼，企图负隅顽抗，做最后的挣扎。

为了扫清外围国民党的残余势力，给解放天津打下基

础，八路军七十三团和津南支队奉命执行端掉敌人的炮楼、消灭这股杂牌军的战斗任务。

八路军七十三团和津南支队在总攻的前三天连续派出了3名侦察员，装扮成锔锅盆的小炉匠、打板算卦的先生和卖针头线脑的货郎进入团泊村，他们走街串巷、访门入户，暗中对敌情进行全面侦察，制定了以保护老百姓为出发点的伏击歼敌作战方案。八路军七十三团在团长储国恩的带领下，天黑以后在村北设伏；津南支队的区小队在村南担任主攻，由区队长冯景泉指挥，他们负责想办法将敌人赶出村子，迫使其向村东北的小孙庄村方向逃跑，进入八路军的伏击圈。

尽管领导们对这次战斗进行了周密计划，但是狡猾的敌人还是获悉了八路军和津南支队准备夜间攻打团泊村的消息，并派人和驻扎在小孙庄的国民党军队取得了联系。当天下午，他们拆了老百姓家的门板，抓了村里的青壮年去抢修作战工事，在村南头的高台处增筑了碉堡。他们用枪逼迫老百姓一定要赶在天黑之前把工事修完，同时还让老百姓扛来秫秸秆堆在了房顶上、铺在主要街道上，准备一旦遭到攻击就点燃报警，以求得支援。

1948年冬天，刚刚下了一场大雪，到处白皑皑一片，西北风呼呼地刮着，异常寒冷。天黑以后，伴随着"叭"

的一声清脆的枪声，冯景泉带领津南支队区小队在村南发起的主攻打响了。一颗颗充满仇恨的子弹从手枪、步枪、轻重机枪中发出，像一条条火蛇般划破夜空射向敌人的阵地。在战士们的呐喊声、手榴弹的爆炸声和冲锋号的嘀嗒声中，英勇的区小队队员们冒着敌人的枪林弹雨，向敌人的阵地发起了猛烈的进攻。然而，凭借着坚固的碉堡和工事敌人有恃无恐，由于满地的白雪的映照，区小队战士们的一举一动也都被敌人看得清清楚楚，连续几次进攻都没有达到预想目的。

区小队队长冯景泉在数九寒冬的雪夜里，脱掉了棉袄，只穿着一件粗布白褂，手提驳壳枪，穿梭在老李家坟地盘子上指挥战斗。他身先士卒，呐喊着带领战士们冲锋。敌人高声喊着："瞄准那个穿白褂当官的打！打中他大大有赏！"密集的子弹不停地从冯队长的身旁、头顶上嗖嗖地擦过，但是却没有一发子弹击中他。

到了午夜时分，区小队再次发起进攻，终于在村东南敌人的前沿阵地上撕开了一道口子，敌人像被打伤的疯狗一般，边打边往村里撤退。这时，新海队的胡大队长气急败坏地挥手击毙了两名后退的士兵，声嘶力竭地号叫着："不准向北撤，村北有埋伏，只要坚持到天亮，援兵就会赶到。"于是，顽固的敌人又调动了一个排的兵力杀回了村南。因为

开战前的傍晚时分，敌人的密探化装成老百姓，牵着毛驴装成走亲戚的样子来到村里，发现了村北有八路军设伏的秘密，于是他们弃守了村外的炮楼，龟缩到村里，想用老百姓作筹码，凭借着碉堡工事垂死抵抗。

当战斗打到胶着状态时，敌人终于招架不住了，他们在早已准备好的秫秸秆上浇上煤油点燃了大火，给驻扎在小孙庄的国民党军队发出了请求炮火支援的信号。这时一

枚枚呼啸飞来的炮弹从村子的上空飞过，落到村西大洼里，溅起一丈多高的水柱，落在区小队队员的身边，炸起了一个个磨盘大的大坑……但是这并不能阻挡区小队队员们殊死战斗的决心。天刚微微亮时，驻扎在小孙庄的国民党军队前来增援了，新海队里有个当兵的站在房顶上高喊："我们的救兵来啦。"话音刚落，说时迟，那时快，区小队的神枪手"叭"的一声就将其击毙了。但敌众我寡，区小队只好被迫停止进攻，和八路军七十三团一起向小王庄方向撤退，因为如果撤晚了，盘踞在唐官屯一带的高洪均反动民团也会前来夹击。

团泊之战是惨烈的，打了整整一宿。在这场战斗中虽然消灭了近百名敌人，新海队队长也被击毙了，但是我方也付出了惨重的代价，津南支队32名战士的鲜血洒在了团泊洼的土地上，染红了白皑皑的雪；村里的老百姓也遭受了严重的灾难，村南头有4位村民被敌人的炮火夺去了生命……

时空轮换，团泊村，曾经枪林弹雨的战场，已发生了翻天覆地的变化，早已换了新天，已经成为生态宜居的团泊新城。70年前的战火已经远去，但是这些历史需要铭记，这些精神需要传承。饮水必须思源，理想不该被磨灭，我们必须致敬过去，壮行未来！

参考书目

《静海革命史》1997年，中共静海县委党史研究室编著

《静海人民的抗日斗争》2005年，中共静海县委党史研究室编著

路文彬策反中统特务获敌情

执笔人：王延昌

本文讲述了 1947 年初，路文彬成功策反国民党中统特务组织小组长王树升，之后王树升多次为我党提供重大线索的故事。

1949 年 1 月 14 日 10 时，天津战役总攻开始，解放军千百门大炮一起轰鸣，炮弹呼啸着准确落在敌军的碉堡、暗道和重要据点，自称"固若金汤"的敌防御工事顿时瘫痪。经过 29 个小时的激烈战斗，天津战役取得胜利，全歼守敌 13 万余人，活捉国民党天津警备司令陈长捷等众多国民党大员，为和平解放北平创造了有利条件。刘亚楼将军在回忆解放天津战役时曾说："在战役开始前就拿到了详细的天津城防情报，地下党对天津战役的胜利贡献很大。"

打开历史档案，启封了在平津战役中路文彬冒着生命危险策反国民党中统特务，给党秘密传送天津城防部署情报，为解放天津做出重大贡献的一段往事。

1947 年，人民解放战争转入战略进攻阶段，平津战役即将打响，盘踞在天津的国民党守军做着最后挣扎。守军沿马

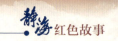

场减河建了 100 多里的封锁线，设立众多碉堡、岗楼、暗哨。反动地主武装也组成"讨伐队""自卫团"，不断对解放区进行骚扰、攻击，抢夺老百姓的粮食、牲畜，残害老百姓和村干部，给津南县解放区造成了巨大损失和威胁。为了配合大军解放天津，彻底消灭反动武装，给解放天津扫除障碍，中共冀中八分区给津南县委（津南县含沧州、青县、黄骅、静海等大部分地区）下达指示："打破国民党封锁，瓦解国民党人员，掌握国民党驻天津守军布防准确情报，为解放天津做好准备。"按照上级指示，津南县委将这一任务交给负责敌工工作的县公安局组织进行。

1947 年春节刚过，津南县公安局中旺区公安员郭钟周了解到大曲河村有个叫王树升的人，此人在日伪时期当过伪军小队长，抗战胜利后，隐瞒亲日罪行躲藏在村里，后来逃到天津城参加了国民党中统特务组织，并担任小组长，住在天津市区的南市。郭钟周及时将这一情况向县公安局做了汇报，并汇报了大曲河村有人可以做王树升的争取工作。县公安局经过调查了解，认为根据王树升当时的身份，如果能争取过来，对解放天津非常有利，同意了郭钟周的意见。

郭钟周汇报的能做王树升策反工作的人叫路文彬，此人年轻英俊、机智果敢、胆大心细、能言善辩，又是佃户出身，对共产党和人民政府有着深厚的感情，特别是路文彬与王树升不仅从小认识还连挂一丝亲戚。当郭钟周把策反王树升的工作向路文彬说了以后，路文彬二话没说，欣然接受了任务。

路文彬去天津找王树升也很费周折。到了天津市里，路文彬不知王树升的住址，只能暂住在黄家花园给资本家当用人的姨妈那里。姨妈见外甥来看她很是高兴，拿出积蓄给外甥买了新衣服和鞋帽，换了新装，路文彬穿上更是一表人才。为了尽快找到王树升，路文彬天天到南市街上溜达，对各家门口仔细观察，可溜达了半个多月也没看到王树升的影子，非常着急。一天，姨妈主家太太无意中说了王树升二媳妇的事，才知道王树升和他二媳妇已经从南市搬到西营门外小西关住，路文彬听到后喜出望外，因为小西关有几户人家是路文彬姥姥家的大邱庄村人，也都熟悉，到那后几天工夫就打听到王树升的准确住址。

这天上午，路文彬在起士林买了最好的点心，天擦黑时来到小西关，敲开了王树升家的大门。守卫开门一看，门口有一人身着长衫，头戴礼帽，气质很不一般的人。赶紧问："先生贵姓？来此有何事？我去通报主人。""我叫路文彬，中旺老家来的，找树升表哥，烦劳禀报一下。"路文彬客气的回答。守卫进里屋向女主人报告，女主人一听是老家来的，赶紧让路文彬进了客厅。王树升搬到新住处后，经常有人来找，大多是求王帮忙办事，因此女主人很谨慎，客气地让座上茶，问路文彬家住在哪里？与王树升是什么关系？在哪儿发财？路文彬一一应答。路文彬在谈话中知道了女主人娘家也在中旺，一论亲戚还是一个远房的表妹，干脆以表兄妹相称，又大赞表妹美貌贤惠，说的女主人非常高兴。晚上快十点了，王树升仍未回家，路文彬起身告辞："表妹，天已很晚，树升表哥还未回来，改日再来拜会"。女主人说："路表哥，你找树升有事我可帮你转达。"路文彬说："也没大事，就是合计做点挣钱的事，改天跟表哥见面再细谈吧。"路文彬没指望第一次见到王树升就有收获，必须见机行事，水到渠成，并庆幸自己结识了这个"表妹"，为完成任务有了难得的契机。

隔了一天，路文彬趁天刚要黑的时候，提了两瓶独流老

白干又来到小西关"表哥"的住处。一敲门，守卫说正巧王队长刚回来一会儿，忙引路文彬直进客厅。路文彬

一见王树升，双手抱拳亲热地说声："表哥可好？"王树升见到发小满脸堆笑，叫声："表弟，哪阵香风把你吹来？"坐下相互寒暄一番后，路文彬见时机适宜，就直奔主题："表哥，咱中旺人都是直脾气，向来不藏不掖，我这次来，是传八路军津南县刘晋峰的话，他说你是中旺人，贫苦出身，虽然过去做了错事，但只要为解放天津做出好事，共产党既往不咎，如有立功表现，会宽大处理，而且他想见见你"。王树升一听路文彬是解放区刘晋峰派来的，顿时脸色沉了下来，右手比画了一个"八"字，忙问："你是那边来的？"路文彬点头称："不错，是刘晋峰派来的。"王树升听后猛地站起，转身从后面的衣架上抽出王八盒子，"啪"地摔在八仙桌上："你就不怕我不认你这个表弟吗？！"路文彬面不改色，瞟了王树升一眼说："表哥，你以为我只是一个人来的吗？"停顿一下接着说："你看看全国战争形势，国民党大势已去，还能猖狂几天！你的过去无法改变，可你将来的命运要靠自己选择！"路文彬话语不多都句句击中王树升的心理，王树升听后逐渐软了下来。随后，路文彬给他讲形势，摆出路，说明为国民党卖命没有好结果。劝他深明大义，改过自新，为解放天津做点实事。经过多次上门交谈，又通过给"表妹"置办了一些物品，"表妹"也帮着吹风助力，王树升的思想产生了积极变化，同意与津南县公安局局长刘晋峰会面。

　　过了几天，路文彬带着化了装的王树升到津南解放区，刘晋峰亲自与王树升谈话，经过政策攻心，王树升表示愿意为共产党做工作，于是刘晋峰给王树升布置了任务，并决定由路文彬与王树升单线联系。

　　1947年麦收后的一天下午，路文彬带着通过王树升拿到的国民党在天津的军事情报，从天津西站上火车，到唐官屯下车，当时天已擦黑，下车后又步行70里，连夜赶到中旺村，送到我军联络处。为了让王树升更积极为党工作，路文彬经上级同意，从自己家拿出800斤小麦给王树升作为活动经费。后来，路文彬与王树升多次联系、接头，拿回情报，路文彬在途中几次被抓、挨打，险些暴露，凭着机智灵活，都化险为夷。

　　1948年初，津南县公安局刘晋峰给路文彬派了新任务：通过王树升拿到更多更详细的国民党军队天津城防部署情报，为解放天津做准备工作。新任务责任重大，困难重重，路文彬一刻没有耽搁，及时与王树升接头，将新任务通知给他。这时王树升已是共产党打入国民党天津特务机关的一个钉子。俩人商量了紧急情况下接头的地点和方式。1948年腊月初的一个晚上，东北野战军、华北野战军已将天津城围得如铁桶一般，天津的国民党守军犹如困兽，城防更加森严，人和车已经不能进出城，晚上探照灯不时地照在城楼上。路文彬只身潜入天津西营门外的交接地点，从王树升手中拿到天津城西和城南的城防部署准确情报，连夜在天津西付村的村北淌着刚上冻的河水赶回，及时将这份重要情报送到地下党交通站。依据这些重要情报，解放军首先炮轰打掉城防工事，然后大军压境，一举解放了所谓固若金汤的天津全城。

路文彬策反国民党中统特务王树升，获得天津城防部署情报，为解放天津做出了重要贡献，在解放天津的史册上，留下了他永不磨灭的闪光记录。

硝烟中走来的无名英雄

执笔人:邢明芝

故事梗概

　　本文讲述了退役老兵张贺谦的战斗生涯，充分展现了一位革命老战士大无畏的革命精神和舍生忘死的奉献精神，提醒着我们要珍惜今天来之不易的幸福生活。

　　张贺谦，静海区杨成庄乡管铺头村人，今年九十多岁了，是一位久经沙场至今健在的退役老兵。童年时期因为家里穷，很小就给地主家放羊，成年后给地主扛活。1948年被国民党抓壮丁。1948年7月成为起义兵，加入三纵九师二十五团机一连，1949年2月，华东野战军第三纵队第九师改称中国人民解放军第二十二军第六十六师，当时的师长是谢斌，政委刘伟。这个师成立后，参加淮海、渡

江、解放浙东南沿海岛屿等战役战斗。

1948年7月，张贺谦加入三纵九师二十五团重机枪一连，1948年9月，张贺谦随部队参加了济南战役。张贺谦作为重机关枪连的一员，他们的任务就是加强火力压住敌人，掩护步兵兄弟部队冲锋。在一次战斗中，他看到步兵连的战友们冲上去被敌人的子弹打中时，他瞪大了布满血丝的眼睛，心中充满了无比的愤怒，端起机关枪就要立即冲出去，可是被身边的战友怒吼着一把拉住，告诉他"你不是代表一个人，你冲出去是痛快了，一个人的生命不能就这么白白丢了，我们首先要保证自己活着，才能保护更多的战友！我们要以大局为重啊，有更多的战友需要我们保护啊，作为重机枪射手，我们不能意气用事，即使遇到更大的困难和阻力，为了取得最后的胜利，我们遇到任何事也要冷静！"张贺谦双眼充满怒火，默默地盯着不远处的敌人，强忍住悲痛，将对敌人满腔的仇恨都装进了机关枪猛烈地向敌人射去……

经过8天殊死战斗，解放军攻克济南，歼敌10万。当济南还在巷战时，淮海战役又拉开了序幕。1949年1月，张贺谦又参加了淮海战役，协同兄弟部队先在徐州以西张公店歼灭国民党军第一八一师和曹县保安旅，紧接着又参加了歼灭黄维兵团和杜聿明兵团战斗。

徐州一战，那惊人的一幕一直还在老人的脑中闪现：几十架敌机编队轮番轰炸，向地面俯冲投弹，将徐州市东侧一带40余里宽的正面战场变成一片火海。战地硝烟弥漫，日月无光，人们在持续得没有任何间歇的巨响中被震得失去听力。但是，一声令下，解放军在南北40余里展开了攻击，就像突然出现的一条灰白色水线，像涨潮的海水一样，向东方扑去，各种轻重火器爆响得已经听不出点来，手榴弹、迫击炮弹爆炸声，刺刀、枪械的撞击声，声嘶力竭的呐喊声汇成巨大的声浪。很多年过去了，这样的场景，一直在张贺谦记忆中不停地闪现。

正是因为华东野战军的有力抗击，才保障了中野主攻战场顺利歼敌。战斗中，华东野战军始终演出的是"重头戏"。华东野战军只用5天时间，将杜聿明30万人马团团包围。在淮海战役第一阶段，华东野战军全歼黄百韬兵团5个军12万人，打击了徐州东援之敌。第二阶段是最关键、最紧张的一个阶段。配合中野全力在双堆集地区围歼黄维兵团12万人。而华野的任务更重，担负钳制南线之敌——两个兵团16万人，围阻北线之敌——3个兵团30万人，总共抗击40万敌军。当粟裕歼灭黄百韬时，敌军援兵已到达蚌埠，时不我待，必须迅速歼灭黄维兵团，才能掌握主动。12月10日，华野除早先派出的两个纵队外，再抽出3个纵队和炮兵一部，参加对黄维兵团的作战，首先歼灭黄维兵团，然后华野集中

兵力歼灭杜聿明兵团。这得到了党中央的批准。在中野围歼黄维兵团时，张贺谦就在华东野战军参战的5个纵队中的第三纵队。1949年1月结束的淮海决战，以解放军歼灭国民党55.5万人的大胜利而载入人类战争史册。关于这一次战役，历来有谁贡献最大之争。作为这次战役主要指挥者之一的刘伯承将军曾经说过一句话："淮海战役主要还是靠华东野战军打的。"淮海战役贡献是最大的是华东野战军，而张贺谦就是这次战斗的亲历者。

1949年4月张贺谦又参加了渡江战役，在安徽芜湖地区渡江后随部队进军浙东，解放会姚，宁波，肃清穿山半岛残余国民党军。

1949年5月24日深夜过后，细碎的马蹄声和嘎吱的大车辘辘声在庄市街上不绝于耳。第二十二军六十六师一百九十七团，正式进驻庄市。

1950年5月攻占定海本岛和岱山、长涂等岛屿和兄弟部队一起解放了舟山群岛，张贺谦所在的第六十六师，1950年12月，在浙江萧山改编为空军第十二师，所属第一百九十七团被改编为航空兵第三十四团。

正当张贺谦所在的部队整编完成之时，美国发动了侵略朝鲜的战争。1951年张贺谦又被整编到铁道公安纵队高射机枪团8连，参加了抗美援朝战争。

　　张贺谦老人讲，当时，那仗打得凶。炮火轰鸣、硝烟弥漫、遮云蔽日、惨不忍睹，绝地反击，只能放手一搏。炮火耀眼，阻断了视线。耳边全是炸弹炸响的声音。敌人的飞机在头顶上不停地轰鸣，整个阵地都弥漫着硝烟。战斗过后，天边殷红的晚霞在渐渐消退，刚刚战士们还冒着枪林弹雨，奋不顾身地向着敌军发起勇猛的冲锋，而此时，阵地上却陷入了一片死一般的寂静之中。敌我双方就这样虎视眈眈的对峙着，一副剑拔弩张的场面，既没有任何一方撤退，也没有任何一方冲杀，整个战场上一片杀气，鲜血染红了整个大地。硝烟袅袅战场上，看着战友们与敌人激烈战斗过的惊心动魄的场面，张贺谦深深地被震撼着。眼睁睁地看着战友们一个个义无反顾地冲上去，一个倒下了，另一个就又顶上去，一个战士浑身被炸得血肉模糊，就在倒下去的那一刻，还高喊口号，那是怎样一种惊心动魄的场面啊！

　　那一场场激烈的战斗虽然已经离我们远去，但是战斗中的硝烟却永远留在了老人的记忆中，秋天的暮色中，老人满头的白发在夕阳下显得格外耀眼。老人时常沉浸在难以忘怀的回忆里，那一个个清晰的画面，那一个个记忆中的身影，那一段段如烟似梦的往事，仿佛已经离得很远，但又感觉一切好像就发生在昨天，那一个个生动的故事依然历历在目。

　　老人时常深情地告诉年轻人，千万不要忘记那些为了祖国解放英勇牺牲的烈士们，千万不要忘记那一个个为了建立新中国抛头颅洒热血的将士们，一定要珍惜来之不易的和平、安宁、幸福的生活。

　　让我们向张贺谦老人致敬！向所有为建立新中国而牺牲的革命先烈致敬！

走合作化道路的带头人
——夏林春

执笔人：冯家义

故事梗概

本文讲述了新中国成立初期，由独流镇义和街党支部书记夏林春领导的合作社，不到一年时间就发展到11个村，发展规模从资金15000元边币到1950年6月的十几万斤粮食的故事，充分展现共产党员不畏艰难、埋头苦干的拓荒精神。

1949年初春的一个晚上，独流镇义和街正在进行着一场热烈的党支部书记选举。对于这次选举，区领导非常重视，专门派出工作人员主持。因为刚刚翻身解放的农民生活十分困难，不少户还吃不饱穿不暖，敌特、反动分子破坏活动接连不断，黑心商人还在盘剥穷苦农民，全街需要一个信念坚定，精明强干的人带领大家尽快走出贫困，过上幸福生活。

"乡亲们，为了早日脱离贫困，过上富裕日子，请推选你们称心的带头人吧！"

区工作人员话声一落，在一间挤满了村民的屋里，出现了热烈的嘈杂声。这时，一个人高声喊道：

"我选夏林春！"

"对！这小伙子能干，我同意！"

"不行吧？他太年轻，才21岁啊！"

"怎么不行？别看他年纪小，他可是一个很能干的共产党员啊！"

"对啊，自打去年解放以来，他带领民兵，日夜保卫咱的村庄。街里成立合作社，他带头入股，还想方设法增加全街收入！"

"是啊，他为了联系卖蒲包业务，和于宝善腰里揣着饽饽，步行到台头去买蒲子，给咱省了不少钱哪！"

"对，经营了一个月就给全街赚了300多万元（边币)！"

"是这样！他给大伙儿办了不少好事！我选他！"

"对！我选夏林春！"

"我选夏林春！"

"我选夏林春！"

……

在屋里砖台子上一个个簸箕里，夏林春簸箕里的豆粒最多。

在热烈的掌声中，夏林春走上砖台子，举起右拳，向着毛主席像，又转身向着众乡亲大声宣誓："我为大家服务，拉断了套股也没说的！"

当选的这天夜里，夏林春回到家里，怎么也睡不着。选举会上热烈的场面和乡亲们期待的眼神总在他眼前回荡。"怎样才能尽快让乡亲们过上好日子，实现经济上翻身呢？"经过一阵思索，他想到，全村340户人家，有178户会编制蒲品。如果组织他们加入合作社，发展编蒲业，定会有很好的收益。想到这里，这个历来倒头就睡的年轻人再也睡不着了，他连夜起草了一个由村民入股，通过合作社发展集体经济，增加村民收入的计划。

第二天一早，夏林春急忙召集干部讨论，大家听了都认为这是一个让村民摆脱贫困的好办法。这个办法一公布，立即得到乡亲们的积极响应，他们争先恐后加入合作社。夏林春立即组织人员买来蒲子，全村出现了能者多干、不会就学、你追我赶、多编多卖的热烈场面。经过社员们的努力，蒲包编了一堆又一堆，卖了一批又一批，社员们腰包鼓了还再鼓……

　　第一炮打响后，夏林春认为这只是刚刚开始，要让乡亲们过上好日子，还得扩大生产，增加收入。于是他通过熟人，与河北泊镇建立了给泊镇推销火柴，泊镇给他们代卖蒲包的供销关系。随后，又与天津北仓洋火公司建立了销售蒲包的业务，还派人到独流大集收购蒲包，以增加产量，扩大销售。

　　一天，独流镇附近村庄的几位乡亲来到义和街，声称找夏林春有事，夏林春把他们请到屋里问："您老几位有事找我？"

　　"我们想加入你的合作社。"

　　"啊？！"夏林春一愣，忙问：

　　"为嘛想加入我们合作社呢？"

　　"我们都会编蒲包，还会编草鞋、蒲扇、蒲席，可编了这些卖不出去啊，就是卖出去也挣不了几个钱，照样受穷。我们想跟着你干，也富裕富裕。"

　　乡亲们的一席话引起了夏林春的深思。他想，独流镇一带会编织的不少，可他们有手艺挣不了钱，挣不了钱就还得过苦日子，共产党的宗旨是为广大人民群众服务和谋利益，我作为一名共产党员，就应该在这方面作出贡献。现在只让我村乡亲有收入不行，我还要让更多的乡亲摆脱贫困。于是，他热情地对这几位乡亲说："欢迎，欢迎你们啊！我希望有更多的乡亲加入我们的合作社！"

这消息不胫而走，一传十，十传百，很快，临近几个村的400多户加入了义和街合作社。县供销社发现义和街的做法后，给予了充分肯定，并拨来1500斤玉米作为扶持资金。夏林春就叫人把玉米磨成面，又备了一些油、盐等日常必需品，社员交了蒲包，可领款也可随便挑选这些日用品，乡亲们的日子又有了新起色。

临近街的乡亲大都会织席、编篓，眼看义和街搞得风生水起，热火朝天，十分羡慕，也想加入这合作社。夏林春知道后，主动请他们来参观。很快，又有150户成了义和街合作社的社员。新中国成立前，这个街编的席和草鞋受着黑心私商的盘剥，他们低价收购，高价卖出，人们挣不了几个钱。加入合作社后，收入高了还稳妥，而且原料不用自己去买，省心省力还挣钱。

9月份，一个47户的打鱼网班因缺乏资金无法生产，夏林春知道后，热情地请他们加入合作社，还给他们2500斤玉米，恢复了生产。在此基础上，又开了一个鱼店，使渔民有了固定的收入。

到11月份，义和街合作社已经有11个村街加入，社员达800多户，业务由单纯的蒲包发展到草鞋、蒲扇、席、篓、渔业和日用品多种产业。集体资金由15000元（边币）增加到十几万斤粮食，业务活动范围扩大到天津，河北泊镇、唐山，北京等大城市。众多翻身解放的贫苦农民在夏林春的带领下，经济上翻了身，过上了社会主义新生活。

更让人惊喜的是，义和街合作社升格为静海县供销社领导下的独流区供销分社。

参考书目

《奋斗的历程（静海县卷）》2009年，中共静海县委党史研

志愿军战士吴守田

执笔人：王延昌

故事梗概

本文讲述了解放军战士吴守田参加抗美援朝战争的故事，充分展现了一不怕死，二不怕苦的中国军人本色。

2020 年 10 月 25 日，北京举行隆重的纪念中国人民志愿军出国作战 70 周年大会，92 岁高龄的吴守田穿上了旧军装，头发花白，精神矍铄，

乡音未改的他胸前戴满了勋章，特别是那枚"中国人民志愿军抗美援朝出国作战 70 周年"纪念章更是熠熠生辉。

吴守田 1929 年 1 月出生在静海县陈官屯镇东钓台村，1947 年加入中国人民解放军。在 1948 年 10 月的黑山阻击战中，吴守田的迫击炮弹像长了眼睛一般在敌人的阵地上遍地开花。炮火纷飞的阵地上，他光荣入党。1949 年 9 月，吴守田随大部队进入湘西剿匪，他又用手中的火箭筒直捣土匪老

窝，歼灭湘西土匪，换来了湘西人民的安定生活。

抗美援朝战争打响了，1951年4月，吴守田跟随部队跨过鸭绿江入朝参战。当时跨江铁桥已被敌方炸毁，志愿军在江上搭建起一座浮桥，离江面很近，冰雪尚未全部融解。吴守田和战友们涉水而过，江水没过脚踝，冰冷刺骨。他们渴了嚼冰块，饿了啃干粮，一刻没有停下前进的脚步，要用双脚赶超美帝的车轮。

1951年10月1日，美军向临津江东岸的天德山发起进攻，天德山阻击战开始了。吴守田所在志愿军四十七军一百三十九师四百一十五团的主要任务就是在天德山一带阻击敌人王牌军美骑兵一师。美骑兵一师都是参加过二次大战的老兵，作战经验丰富。白天，敌方以优势的空炮力量对我一百三十九师和一百四十一师所在主阵地进行地毯式轰炸。吴守田和战友们身边弹片横飞，灰土被炸起几米高。敌人轰炸时吴守田命令战友们紧急躲入坑道，自己在观察孔时刻注视着敌人的动向。狂轰滥炸之后，敌人的坦克部队慢慢逼近，步兵紧随其后。这时，吴守田指挥无后坐力炮排战士冲出战壕，找好炮位，打开保险，直面瞄准敌人的坦克。敌坦克越来越近，还不时停下向我阵地开炮。800米，300米，已经看得见坦克后面的美国大鼻子步兵了，吴守田沉着指挥3门炮发出命令："对准第一辆坦克油箱，三发齐射。"顷刻之间，

3枚炮弹对准美军坦克同时射出。"轰，轰，轰"，敌人冲在前面的第一辆坦克顿时起火。这时吴守田没有丝毫迟疑，迅速大喊："装弹，对第二辆的炮下方三发齐射。""轰，轰，轰"，又是一阵火光，美军坦克炮塔顿时被炸上了天。伴随着冲锋号声志愿军们战士冲出战壕，冲向敌军阵地，敌人步兵部队没有了坦克的掩护，狼狈溃败，路上留下尸首一片。

就在吴守田带领炮手跳进另一个炮坑，准备继续装弹射击

时，敌人一排炮弹在我阵地前爆炸了……当战友们把吴守田从土堆里刨出来的时候，他身边的战友有的已血肉模糊，有的牺牲了还在护着炮身。这时吴守田咬着牙站了起来，从牺牲的战友身边拿起一门炮，自己装弹、瞄准。这一刻，他忘却了死亡，忘却了一切，这门炮此时此刻仿佛就是他自己，他要用炮火给战友们报仇——架炮，填弹，瞄准一气呵成，一枚枚复仇的炮弹射出炮膛，把那些画满老虎血盆大嘴的坦克给打瘫了、打哑了，一只只真老虎变成了纸老虎！

炮弹打没了，吴守田冲到了五连阵地，担起了排长的责任，端起机枪依然冲在前面，枪管都打红了。"坚决不让敌人占领阵地！"在弹药耗尽后，吴守田率领战士们用铁锹、枪托、刺刀、石头与冲上阵地的美军展开搏斗。有的战士抱起石头从5米高的岩壁上跳入敌群，只身与敌拼杀，壮烈牺牲。一位身负重伤的战士用尽平生最后的力气，抱着手榴弹滚入敌人身边，和敌人同归于尽……战后打扫战场时，有的战友已壮烈牺牲，但双手仍掐住敌人的脖子没有松开。吴守田所在的五连在6天阻击战中，补充了5个连的兵力，最后只剩下70人。历经6天6夜的惨烈战斗，打掉了美军的傲气，让美骑1师付出了巨大代价，彻底粉碎了敌"秋季会战"的攻势。在这场残酷的战争中吴守田身上多处负伤。

1954年9月，吴守田随志愿军撤回朝鲜。他先后荣立个人三等功一次，荣获志愿军总部授予的"模范共青团员"称号，荣获朝鲜民主主义人民共和国颁发的二级战士勋章和奖章。

　　吴守田老人一直把"抗美援朝精神"挂在嘴边、牢记在心。作为有着70多年党龄的老党员，吴守田最大的财富就是家里的军功章和证书。每当有重要节日，或出席重要活动时，他总要穿上那身挂满军功章的旧军装，把爱国主义教育带给身边的每一个人。"无论解放战争还是朝鲜战争，一不怕苦，二不怕死，永远是军人的本色，为祖国而战，拼的就是一个精神！""有了中国共产党坚强的领导，伟大的中国会越来越富强，永远跟党走，永远不褪色！"说着，吴守田挺了挺腰，这位耄耋之年的老人，眼里的光芒和70年前一样明亮。

军旅作家张孟良

执笔人：杨伯良

故事梗概

本文讲述了张孟良先生创作红色小说的故事。

张孟良先生1948年参军，在华北军区炮兵旅，是高射炮部队。如果从他在宝坻县赵家庄当儿童团团长加入游击队讲，得追溯到1942年。他跟随部队转战南北，在党的教育下、在解放军革命大熔炉里锻炼成长。1951年，入朝参战，1952年回国，投入全军文化大练兵行列。"我写我"就是当时部队进行文化大练兵中创造的"速成写作法"，张孟良也加入其内。拿起笔写战士们的战斗生活和苦难经历，因为所写的都是"自己熟悉的人和事"，所以写出来的作品亲切、生动、形象、感人。张孟良也写了几篇短篇，《血泪流在古城洼》等，供部队的俱乐部、黑板报、战士教材用，后来，这几个短篇相继在《华北解放军报》《解放军文艺》《新观察》等几个文艺刊物上转载，引起华北军区机关领导的注意，《华北解放军报》记者专门对他进行了采访。在以后的几年中，他相继创作发表了散文、通讯、报告文学等大量作品，从此走上了文学创作之路，成为较有名气的军旅作家。

后来，在上级领导关怀和鼓励下，张孟良开始以自己早年的苦难经历为背景，创作了第一部长篇小说《儿女风尘记》。小说 1956 年 11 月修改完毕，1957 年 9 月由中国人民解放军原总政治部"解放军文艺丛书"编辑部编辑，中国青年出版社出版，一经面世，便在社会上产生了强烈的反响。

《儿女风尘记》主要讲述了新中国成立前小马一家在反动势力的迫害下家破人亡的悲惨遭遇，也反映了在劳苦大众中孕育、奔突着的反抗精神，最后，小马终于找到了共产党领导的抗日队伍，投身到轰轰烈烈的反压迫、反侵略的斗争中去的故事。这本书全国各省市发行量很大，并被翻译成多种外文版本，在国外读者中广为传阅。国内一些知名的文艺团体把这部作品改编成评书、戏剧等艺术形式，在社会上广泛传唱，成为一部家喻户晓的文学名著。1959 年中华人民共和国成立十周年的时候，朱德委员长亲笔题词"多读好书，多读有益的文艺作品"向全国推荐12部优秀长篇小说，《儿女风尘记》就是其中之一。

1957年，张孟良从太原五十一速成中学毕业回到北京，调到原总政治部华北解放军文艺丛书编辑部从事编辑工作，参加了《苦菜花》《敌后武工队》《晋阳秋》《西辽河传》《踏平东海万顷浪》《红柳集》《红缨》等作品的编辑和出版工作。

后来，他调到解放军报发行科，有些清闲。张孟良觉得应该深入生活，向广大的工农群众学习，因为从事小说创作需要大量生活补充，于是就决定携带家属回静海老家。

回到静海，张孟良开始酝酿第二部长篇小说《三辈儿》。工作之余，他把一小段一小段的小故事凑在一起。1964年4月，《三辈儿》出版。《三辈儿》里面的主要人物，三辈儿、滚地雷、小脚、扯子一些主要人物都跟张孟良打过交道。张孟良12岁由"天津救济院"逃出去，当时正是抗日战争时期，他投奔到姑母家，名义上是投亲，实际上是当小长工，繁重的体力劳动把他折磨得不成人样。锄犁下种、使船赶车、打草放驴、烧火做饭、推磨使碾、洗碗刷锅、收拾屋子、哄孩子，连每日三炉香、晨昏三叩首都要去做。小脚就是他姑妈的形象，他们家的那些人物就成了书中的"模特儿"。张孟良在那里苦撑了几年,在农民堆里混,深切感受到他们的苦难。当八路军开辟到那里,他先在村里当儿童团团长,不久参加了抗日游击队。《三辈儿》的素材来源,主要是他的一部分经历,他的化身。但是这部作品在较大程度上已摆脱了某人某事的具体束缚,从众多的有着类似经历的生活原型中进行了艺术概括与典型创造。

写作《血溅津门》则一波三折,好事多磨。张孟良调到廊坊文联工作后,百花文艺出版社与廊坊多次协商给了创作假,开始在家里写,条件非常艰苦。孩子们小,生产队里没工分,没粮食吃,他就骑自行车去文安买麦子。吃饭如此,喝的水没有,他又请人在村里打了井。1976年1月,《血溅津门》初稿完成,又经过6次修改,于1981年出版。

写作《血溅津门》是由于张孟良对天津情况的熟悉,天津人民在铁蹄下的呻吟,使他悲愤不已。1941年,太平洋战争爆发后,日本侵略者为了限制敌对国的行动,对天津英、法租界进行了封锁,北从秋山街(锦州道),南起大营门,西至寿德大楼,东到山口街(张自忠路)。日兵伪警勾结让天津人民生活在水深火热之中。日军为了防备八路军袭扰,重挖墙子河,修筑土围墙。日军、伪军、警察到处抓人拉夫,不管是住户、还是行人,凡是能动的男人都抓。成千上万的人在皮鞭、棍棒的抽打下,淘水挖泥,背砖垒墙,累死、病死的遍地都是。其中日寇头目多多良、狼野、松蒲，青帮头子袁文会，以及伪军宪特骨干郭运起都有原型。他们丑陋可憎，粗暴野蛮。他们的阴谋诡计、毒辣手段，给天津人民带来无尽灾难。

《血溅津门》主要描写抗战时期津郊武工队配合天津地下党组织，与盘踞在天津的日伪军展开搏斗，一举摧毁日本驻屯军基地的故事。全书情节曲折紧凑，具有浓厚的生活气息和天津地方特色。《血溅津门》出版后，天津、河北、黑龙江等省市的出版社，把这部书改编成多集连环画，全国有几家省级电台播出了这部小说，评书名家田连元将其改编成评书在沈阳广播电台播出，天津西河大书名家艳桂荣将它改编成大鼓书，但影响最大的，还是天津电视台改编的十四集同名电视连续剧，播出后反响强烈。

通信兵李鹏忠孝难两全

执笔人：郝秀苓

故事梗概

　　本文讲述了通信兵李鹏为了党的事业几过家门而不入，在母亲弥留之际仍坚持工作的故事，充分展现了共产党员不谋私利，一心为党为民的精神。

　　1941年10月10日，毛泽东为通信兵题词"你们是科学的千里眼、顺风耳"。这群通信兵里就有独流的李鹏。

　　李鹏1913年出生在独流，三四岁时父亲去世，母亲李杨氏带着他和姐姐艰难度日。居住在静海城南八里庄的姥姥，心疼女儿和外孙子孙女，接他们孤儿寡母到姥姥的村庄生活。姥姥家还算富足，不仅年供柴月供米地养活她们娘仨，还供聪明机灵的小李鹏读书。一晃10年，14岁的李鹏，不愿再白吃白喝，母亲李杨氏就拜托在铁路工作回家休假的表弟，给李鹏在沧州路段找了个活儿干。

　　过完春节，李鹏打包好行李，辞别母亲和姐姐，跟着表舅启程去沧州。虽然早就在书里了解过祖国大好河山，第一次出门的他还是兴奋不已，一路上向表舅了解外面的世界和国家大事。李鹏每天在铁路上工作，正值国家动荡时期，经

常看到有大兵南下北上，他多次幻想自己也去当兵报效祖国。可当什么样的兵，去哪当兵，他还没有准确的思路。他听说有一支部队叫红军，是为穷苦百姓翻身的革命军，延安就成了他日夜向往的地方，可惜自己不知道延安在哪。

1937年，日本军队发动全面侵华战争，更增加了他当兵的决心。年底，他在铁路干活儿的时候，看见一只小部队沿着铁路向南行军，他拦住一个战士问："你们这是去哪?"那个战士随口说出"延安"两字，李鹏心中一阵狂喜，他扔掉工具，跟在队伍后面，战士几次赶他回去，别让父母担心，他还是坚持跟着。几天后，领队的把他叫过来问他："你为什么要跟着我们?"李鹏幼稚地回答："我想去延安，我想去当兵。"领队看他决心很大，就答应让他同行。到了延安，领队知道他上过学能识字，就把他介绍给正缺技术兵的中央军委三局当通信兵，并命令他给家里写封信报平安。

李鹏正式入伍，成为共产党领导的军队中的一员。中央军委三局是党中央、中央军委负责保障全军通信联络的部队机关。李鹏作为通信兵，跟着部队辗转在各个战场，李鹏不怕牺牲，经常冒着枪林弹雨查修线路。不辞辛劳，每当部队出发后，他和战友们开始撤线，然后背着数十斤重的机线赶上队伍，提前到达营地架设电话，保证"部队到达时电话畅通"，部队领导下马就能打电话，出色地完成通信联络保障工作。别看李鹏人小，他聪明伶俐，爱钻研、爱学习，很快成为技术骨干，被调到局机关工作，并光荣入党。他很想把这一好消息告诉家人，闻知静海已是敌占区，他不敢给家里写信，怕连累亲人被害。

李杨氏天天在担心自己命根子一样的儿子，每天望眼欲穿地等他回家。姐姐已经嫁到小高庄，和八里庄隔着一条运河，看望妈妈要绕行很远，就干脆把妈妈接过去同住。日本投降后，李杨氏以为儿子可以回家了，苦等数年还是音信皆无。她到处找人看香、算命，他们都告诉她："你儿子已经死了"。住在小村庄里，只知道努力干活儿填饱肚子的她们，哪里会知道，李鹏和他们的军队正面临更艰苦的岁月。抗日战争胜利后，国民党发动内战，并向解放区发起进攻。这时期，技术骨干李鹏和他们的技术组，操作着永不消逝的电波，围绕在党中央周边，毛主席在哪，他们就在哪，随时随地把党中央的方针政策传达下去，把作战计划和命令发布到全国解放区。这对技术组是很大的考验，与国民政府的先进电台比，他们的工具太落后了，一些工具和零件，得他们自己研发制作。

"中华人民共和国成立了！"1949年10月1日，李鹏听到毛主席这振奋人心的声音，激动得掉下眼泪，这是他们经过20多天的连夜奋战，才保证全世界都能听到的声音。中华人

民共和国成立伊始，他和他的战友们还有更重要的建设任务，他没空回家，给八里庄的老娘写去一封信，八里庄的村长接到信，气喘吁吁地送到小高庄："你的儿子没死，在北京当官了！"李杨氏高兴得哭起来，意外惊喜啊！

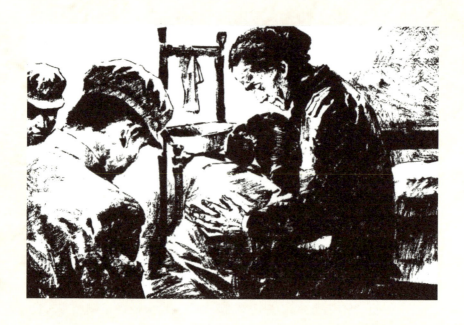

从接到信的那一天，李杨氏天天盼望着儿子回来，可左等右等也见不到踪影，十多年未见，不知儿子长高长胖没有，是不是有了媳妇和儿女。天天念着盼着，又是两三年过去，迫不及待的老人没有办法，就让姑爷按信封地址去北京找。军事信息重地，李鹏姐夫经过几重关卡，才见到忙得团团转的李鹏。两个素未谋面的亲人拉开话题，姐夫向他诉说家里老娘思儿之苦，几个外甥想认认舅舅的心愿，李鹏无言以对。他心里有太多国家机密，出行不是很方便，新中国成立，国家的无线通信和电台广播还处于世界水平以下，他和他的战友们要奋力急追，每一分每一秒都要用在研发更新上，他作为技术骨干，只有把对母亲的思念埋藏在心里。几次回家都是出差时列车路过静海，他才借机看望老娘一眼，没空坐下来吃顿团圆饭就走，只有拜托姐姐、姐夫多多替他受累照顾老娘，并每月从工资里拿出钱来，邮寄回去作为赡养费，尽一点孝心。

李杨氏去世那天，李鹏正好去济南马鞍山军事基地调研，他上午在静海下车，来到小高庄。李杨氏已经昏迷不醒，再不能和儿子交谈，更不能再摸摸儿子的头。作为唯一的儿子，李鹏很想留下来，给没得到儿子侍奉的老娘披麻戴孝送终，可军人忠孝难两全。他只有恳求姐姐，一人为老娘办理后事，含泪又登上了列车。就在那天下午，李杨氏去世。

李鹏身穿授奖戎装的照片，一直摆放在小高庄他外甥胡学培的家里，对这个戎马一生的舅舅，胡学培即陌生又熟悉，陌生是因为几次见面都是匆匆来匆匆去，熟悉是他身为共产党员不谋私利一心为党。2013 年，90 多岁已重病的李鹏，经常思念家乡和亲人，一辈子忙着工作，家里的侄孙、外甥他大多不曾见面，都不知长什么样子。他的儿女为了完成他的心愿，回到独流和小高庄，接他们去济南，圆李鹏与

家乡亲人亲近的梦。

　　这就是一个普通的共产党员，为了新中国成立，为了新中国更加美好，舍小家顾大家，把自己的遗憾和对亲人的愧疚深深埋藏在心里。

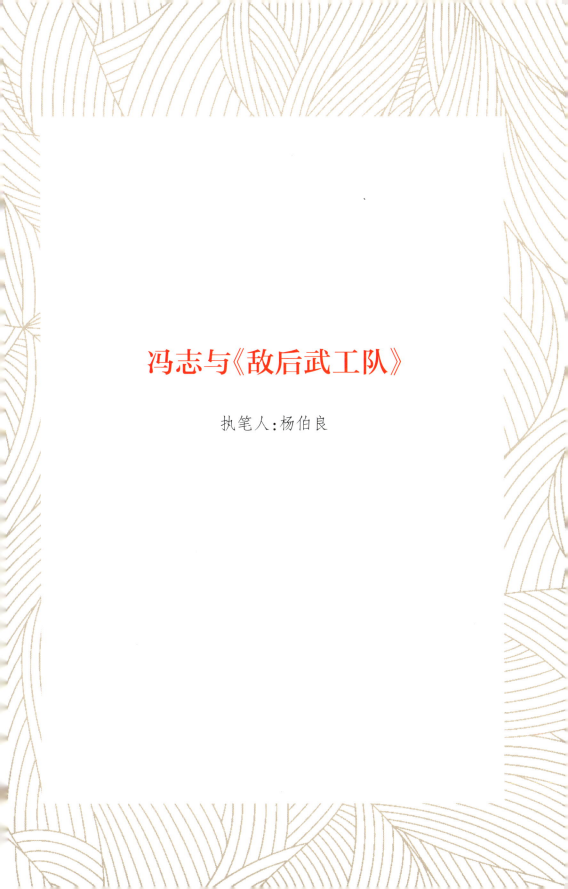

冯志与《敌后武工队》

执笔人：杨伯良

故事梗概

　　本文讲述了著名作家冯志创作《敌后武工队》的过程。

　　当代著名作家冯志，原名
冯禄祥，1923年7月15日生于
静海区子牙镇大邀铺村一个贫
农家庭，他自幼父母双亡，在
本村小学读书4年，11岁时辍
学务农。七七事变后，15岁的
冯志怀着抗日救国的强烈愿
望，离开家乡，参加了八路
军，被分配到冀中第九军分区
政治部，给政治部领导伍辉文
当警卫员。其间，刻苦学习政治理论和文化知识，思想水平
提高很快。在领导的关怀下，开始练着写心得，记日记，还
把有趣的事写成快板、唱词。

　　1942年5月1日，侵华日军纠集日伪军5万余人，在飞机
的配合下，出动坦克、汽车几百辆，由日本华北驻屯军司令

冈村宁次亲自指挥，对冀中抗日根据地发动了疯狂的"拉网"式的大扫荡，实行野蛮的烧光、杀光、抢光"三光"政策。冀中一时间成为村村有岗楼、处处有碉堡、封锁沟密布的敌占区，日本侵略者、伪军、汉奸横行，形势极为严峻。为了针锋相对地与敌人展开斗争，冀中第九军分区党委遵照党中央的指示，决定组建一支精干的深入敌后开展军事、政治、经济、文化斗争的武装组织——敌后武装特别工作队（简称敌后武工队），这是全国各抗日根据地最早出现的敌后武工队。冯志听说后，积极报名参加，于同年8月被选拔任命为武工队第一小队队长。从此，他积极组织并充分依靠当地群众，带领队员们拔炮楼，杀敌人，除汉奸，惩恶霸，机动灵活地运用各种方式打击瓦解敌军，被老百姓誉为"敌后神八路"。在浴血战斗中，他三次负伤，左锁骨曾在与敌人拼刺刀时被挑断，左手食指被扎残，头部、胸部也都中过弹。有一次，他到军区开会，在回来的路上和日军狭路相逢，便闪身钻进路边的一堆麦秸垛里。日军过来用刺刀一个个挑那些麦秸垛。他感觉敌人到跟前了，就抬起手中的驳壳枪扣动了扳机，岂料这一枪却没有响，而日军竟也没有用刺刀挑这个麦秸垛，转身就走了。事后他一看，原来是枪被麦秸秆卡住了，从而奇迹般地逃过了一劫。更为神奇的是，在他任小队长期间，属下数十名武工队员竟无一人牺牲。由于冯志机智勇敢，屡立战功，被评为模范党员，还荣获冀中军区颁发的"五一"一等奖章。

冯志在冀中第九军分区政治部历任班长、排长、剧社社员、文工队长等职务。1944年，冀中第九军分区敌后武工队圆满完成了历史使命，冯志调到冀中第三纵队前线剧社工作。在这个岗位上，他经常深入部队了解新人新事，收集生动的素材写成稿件投给《前线报》。由于文化程度低，又是初学写作，起初，他的投稿常常被退回来。但他毫不气馁，坚持练笔，采写的人物特写《英雄连长王志杰》终于引起了《前线报》的关注，报社编辑找到他一起研究素材，讨论修改意见。经过4遍修改后，这篇文章被《前线报》发表。编辑们的精心指导，再加上自身勤写多练，使他逐步摸到了一些写作技巧。以火热的战斗生活为素材，他又相继撰写了报告文学《神枪手谢大水》、通讯《团结模范高永来》以及小剧本、诗歌、歌词、快板等。另外，他还创作发表了一些短篇小说，如反映武工队员护送干部过铁路故事的《护送》、反映惩办汉奸侯扒皮故事的《打集》和反映攻克保定南关火车站故事的《化装》。后来，这些小说故事经过进一步修改、加工，都成为长篇小说《敌后武工队》的重要章节。1947年冬，冯志进入华北联合大学中文系学习深造，毕业后于1949年调任新华社河北分社记者。

新中国成立后，冯志于1951年调到河北人民广播电台工作，历任编辑、记者、科长、文艺部副主任等职。工作之余，他开始创作长篇小说《敌后武工队》。前后历经5年，1956年，50余万字的《敌后武工队》初稿完成。消息传开，许多老首长、老战友都很关注，冯志得到了梁斌、翟向东等老同志的热情支持。经广泛征求意见，最后又精缩到37万字，于1958年出版。

这本书最初的书名叫《保定外围神八路》，后改名叫《敌后武工队》。因这部小说情节曲折，故事跌宕起伏，人物鲜活生动，传奇色彩浓厚，一经面世，便不胫而走，反响很大，《读书》《文艺报》《解放军文艺》等报刊先后发表了大量评介文章，予以积极肯定。《敌后武工队》发行总量达到100多万册，曾被译成英、法、俄、日、哈萨克等多种文字出版，先后3次被改编拍摄成电视剧和电影。中华人民共和国成立十周年时，朱德委员长向全国推荐12部优秀长篇小说，其中就有冯志的《敌后武工队》。从1959年6月28日起，被杨田荣改编为同名评书，在鞍山人民广播电台播讲，1963年再次播出；此外，还被袁阔成等改编为同名评书播讲；1960年，它被陈赓、曹惠改编为五幕八场话剧上演；1973年，被天津人民美术出版社改编为同名连环画出版发行；1995年，被长春电影制片厂改编摄制成同名故事片在全国公映；1988年、1999年、2005年，分别3次被改编摄制成8集、20集、26集同名电视连续剧，播出后风靡全国。

参考书目

《静海洼淀文化》2007年，中国人民政治协商会议天津市静海县委员会编著

抗洪救灾模范王以杰

执笔人：陈定学

故事梗概

本文讲述了1963年，时任管铺头公社双窑生产大队大队长的王以杰，在抗洪救灾过程中，有苦先尝，有难先上，带领90名社员护堤防、四过家门而不入，全身心抗洪救灾的故事，展现了一名共产党员舍己为人、无私奉献的担当精神。

1963年8月上旬，河北省南部连降大雨，致使山洪暴发，大量洪水下泄。时年28岁的管铺头公社双窑生产大队的大队长王以杰，接到洪水要下泄的通知后，立刻组织村民沿着堤岸日夜巡查，要求他们及时报告水位上涨情况。与此同时，他还组织村民们提前准备好草袋子，并把草袋子装上土，运到堤坝上，垒在有可能出现险情的位置。11日，洪水通过泄洪闸，沿着独流减河向东倾泻。水势汹涌而至，很快就到达了安全线，然而，水位上涨的势头并没有停下来，又越过了安全线。安全线就是生命线，再往上涨就会出现险情。王以杰带领村民们日夜守在大堤上，就是要守住人民的生命线，哪里出现险情，哪里就有他的身影。

随着水位不断上涨，2米、1米、5厘米、4厘米、3厘

米、2厘米，水面距堤顶最低位置不到2厘米了。形势非常危急。双窑生产大队接到公社党委通知，要立刻组织群众转移。指示就是命令，刻不容缓。为了使人、畜、财产能够安全转移出去，大队党支部简明扼要地做出了明确分工，兵分两路，书记董长明率领一部分人负责群众的生命和财产安全转移；大队长王以杰，率领89名社员立刻奔赴南堤，阻断洪水冲击堤坝。

水上涨的速度很快，有些地方已开始向外溢水了。王以杰见到这种情况，马上组织人垒装土的草袋子，对堤坝进行加高加固。出现一段险情就被排除一段，排除一段险情，就为转移的群众多争取了一段时间。可是随着时间推移，堤岸上的土长期被水浸泡后有的地方就变松软了，松软的地方就很快变成了管涌，管涌就像一个张开嘴的猛兽，在河水中打着旋，王以杰把装好土的草袋子扔过去，一下子就被吸了进去。

"这样不行，得想办法。"有人提议，可以朝管涌里扔木头，总有一根会像刺一样卡在它的"喉咙"里，一旦木头卡进"喉咙"里，就赶紧扔草袋子。这确实是一个办法，但现在要找木头，必须回村庄里去，一去一来，就怕管涌口继续扩大，一旦"喉咙"太大，恐怕刺也卡不进去了。不过，这个提议也提醒了王以杰，他让人们把装土的草袋子系在一起，绑成一个大"馒头"，一起朝管涌口推去，这样一大口"馒头"，足以让它"噎死"。这方法确实不错，管涌很快就被"噎死"了。堤坝安全了，王以杰欣慰地说："又为群众生命和财产安全转移争取了一段时间"。

可在他话说完不久，不远处就出现了决口。

决口分成数段，口子越撕越大，大有连接一起的气势，而洪水正汹涌着往村庄奔去。有些社员见到水势危急，丧失

　　了信心，便对王以杰说："大队长，堤守不住了，不如赶紧回家去抢东西"。这时，王以杰看到汹涌澎湃的洪水冲刷着堤岸，要想守住堤埝确实很困难，但是转念一想，现在群众正在向外转移，如果堤防护不住，河堤决口，洪水向外倾泄，群众生命财产就会受到严重损失。想到这些，他下定决心，对社员们喊道："守不住也要守，我们能延迟洪水一分钟，群众就能少遭受一分损失。"说完，他第一个跳进已经冲开了口子的堤埝上，抱起被洪水冲走的草袋子重新装好土，朝缺口冲去。社员们见他这样舍己为公，深受感动，纷纷跳下水和王以杰一起干起来。他们克服了种种困难，很快打起了数段底长2米、高2米、顶宽1.5米的子埝，终于把冲开决口的堤坝修好，使险段转危为安。

　　王以杰完成护堤任务后，从减河南堤一口气跑回村。回村的路上，他看到乡亲们已经安全转移出来了，只有少量人还在村里有序地进行剩余财产转移，心里很欣慰。刚进村，一个社员告诉他："你媳妇和两个孩子等了你一天，不见来，跟着别人迁走了，什么东西也没带出来。"他听后，话没顾得说，撒腿就往村里跑。他并不是要跑回家去抢东西，而是赶快到队里去看一下，电动机运走了没有？其他财物运走了没有？他从村西跑进村东，虽然从自己家门口路过，但没有进去，甚至连看都没看一眼。他跑到大队部，正遇上支书董长明。董长明告诉他，队里的东西和社员的东西多数都运出去了，此时王以杰才把心放下来。

尽管如此，他也没有回家去抢救自家的财产，而是和书记董长明去队里巡查，看看还有什么遗漏的没有。果然，当他走到十队饲养棚时，发现还有3头牛没牵走，他解下缰绳，就把牛交给了一位社员带出去，然后继续查看。在村中查看时，发现还有社员正在抢运东西，就一声不响地帮他们装车，直到这户社员出了村，他又朝前巡查，凡遇到家里有抢运东西的社员，都会停下来帮忙，一直忙到深夜，村里的群众都走光了，可他家的东西仍然是一点也没弄出来。

双窑大队的社员们转移到减河北堤安全地带后，为了减少更大面积的损失，他们舍小家顾大家，实施了破堤分洪方案。稍停稳住后，在查对人数时，发现少了王士全老两口子，有村民说看见他们在破堤前又回去了，说是还有什么东西没带出来。现在看来，肯定是没来得及转移。而此时，已是破堤分洪的第二天了，大三角内一片汪洋。公社党委和大队支部考虑到王以杰整天忙于工作，自家东西还没有运出来，就决定给他一只船带领几名社员回村，一方面把王士全老两口抢出来，一方面把自己的东西运出来。但是，当他从村回来后，船上运来的除了王士全两名老人外，还有大队的电话机、电料和一些工具，再就是社员丢在村里的20头猪、

30头羊，可他自家的东西一草一木也没运出来。

破堤分洪第三天，村庄里的有些房屋开始倒塌了。为了不使倒塌房屋的檩和其他物资被水冲走，公社党委又派王以杰二次乘船返回村。临行前，叮嘱他在打捞集体东西的同时，一定要管管自己家。王以杰回村后，就把船靠到大队下坡。这时，供销社、学校因地势低洼，房屋已经倒塌了，他就带领社员涉水打捞檩木。打捞中，除了把檩、门、窗、写字台等打捞上来外，他发现学校的一架大柜被房把子压在水底下。他想，如果现在不打捞上来，经过长时间的水浸，墙土逐渐变得松软，如果再有一场大风，大柜就会被抽出来，随着水流漂走。他想到这里，就把社员召集起来，叫他们在上面用绳拉，自己扎下猛子去挖泥。就这样，费了很大力气才把这架大柜打捞上来，可他自己却变成了一尊"泥人"。天色晚了，船要回去了，同船去的船工老尤说："王队长，书记不是说叫你回家看看吗？"王以杰笑着回答说："你看集体的东西哪点不比我家的值钱啊！"感动得船工老尤说："你可真是个大公无私的好干部，我们一定要向你学习。"

破堤分洪第四天、第五天，王以杰又连续回村两次，抢救的仍然都是大队的财产和社员们没来得及抢救的家产，唯独没有去抢救自己的财产。

他四次回村未进家门，他哥哥见他家房屋已经倒塌，才帮忙抢救出了一些檩木。有人说，王队长真没说的，人家大禹治水是三过家门而不入，而王队长比大禹还多了一次呢。

破堤分洪第六天，群众的生命安全和可移动财产已全部保全，公社和大队支部决定开始发动第三次"战役"——房屋保卫战。

由于村西地势低，村西所有房屋在洪水的浸泡下，全部倒塌，而王以杰家的房屋也倒塌了，他仍然没去抢救自己的财产，而是带领大队60多人去保护村东地势稍微高些，还有352间未倒塌的房屋。王以杰带领大家来到村东，发现李万起家的房屋已经摇摇欲坠，随时都有可能倒塌。此时王以杰发现，他的屋子还上着锁呢，这才知道，李万起一家全家已经外出，东西都锁在屋里。知道这个情况后，他不顾房屋随时都会倒塌的危险，急忙带领社员打开李万起的房门去抢救东西。他们刚把屋内的桌、柜、箱、厨、家具抢出运到高地后，这片房跟着就倒了。来不及唏嘘一声"万幸"，他发现王秀英的房屋也处在危险中了，她的房屋此刻离水很近，好在还没有淹没，不过已经很危险了。水浪开始冲刷墙根，随时都有可能被冲垮，王以杰想到王秀英是个烈属，家庭条件不好，若房倒了，肯定盖不起，他的想法是保存一间是一间，于是，他发动社员在王秀英房前筑起一条小埝，水进不了屋，王秀英的房子就保存下来了。

　　也是运用同样的办法：要保住村东这片房，必须在胡同两边筑起两道堤埝，堵住洪水。筑好了堤埝就安排人把守，只要埝不开就能保住房屋。在把胡同两边的堤埝打好后，他昼夜不休的和社员一起去巡逻，那里出现险段，就立即动手抢修，经过十几天的守护，水势渐退，他才松了一口气，就这样除了李万起一家外，剩余的村东房屋全部保存了下来。

　　在这次抗洪抢险中，王以杰这种关心群众，维护集体，因公忘私，临危不惧的精神，让所有人都感动，有人问他为啥要这种做时，他说："我是一名共产党员，我也是大队长"。是呀，共产党员，一个多么闪亮的名字，在灾难面前，他们总是第一个冲上去，在面对危难的时候，共产党人总是站在最前面。"我是共产党员"不仅仅是一种宣誓，更是一种无私为民的崇高情怀。

参考书目

　　《静海县志》1995年10月，静海县志编修委员会编

曲希会舍己救人

执笔人:李恩红

故事梗概

　　本文讲述了13岁共青团员曲希会，在义务劳动中，为救落水同学，光荣地献出了宝贵生命的故事，充分展现了在马列主义、毛泽东思想光辉照耀下的少先队员临危不惧、舍己为人的伟大品德。

　　20世纪70年代初，《学习雷锋好榜样》的歌曲深入人心，董存瑞、刘胡兰的英雄故事在孩子们心中埋下种子，少年英雄曲希会舍己救人、英勇牺牲的故事就发生在这个年代，她的事迹许多年以来一直感动着人们，她学习雷锋乐于助人的精神始终被人们传颂。

　　1962年8月26日，曲希会出生在唐官屯镇曲庄子村一个庄户人家，农家人勤劳善良的品行，造就了她热情开朗的性格，成了人见人夸的好孩子。

　　1970年，8岁的曲希会，成了家乡小学一名小学生。刚入学后不久，听说学校建起了养猪场，她自告奋勇担任了义

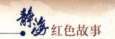
务饲养员。为了把猪养好，她不辞辛苦，以弱小的身躯徒步外出50里去学饲养技术，还把平日积攒的钱买了猪崽儿在家饲养，摸索经验。

那年冬天的一个早晨，太阳还没升起，天色灰蒙，寒风刺骨，学校里就传出清脆悦耳的歌声："学习雷锋好榜样，忠于革命忠于党……"这是一个孩子的歌声，声音断断续续，时大时小，一定是一边玩耍一边儿唱歌。多冷的天啊，谁家的孩子会起这么早跑到学校来呢？原来，唱歌的是唐官屯镇曲庄子村的曲希会。这歌声清脆、欢悦，让人不自觉地感到兴奋，但美中不足是声音时高时低，偶尔还有间歇，甚至还夹杂着几声咳嗽。陆续来到学校的同学们听了她的歌，有的说曲希会唱歌总断片儿真难听，有的说她一边干活儿一边唱歌当然气儿喘不匀了，有的说她咳嗽是让生炉子让烟呛的，还有的说她总是敞着门窗先点着炉火，然后就扫教室，被尘土呛的。不管怎么说，她的嗓音不完美都与劳动有关。有一回，她端着铁簸箕小心翼翼地走出教室，胳膊窝下夹着的笤帚在门框上拨了一下，她身子摇晃两下才跑下台阶，差点摔倒。随后，她一瘸一拐地去打扫厕所。几乎每天都是她提前生好炉子，打开门窗，把教室里的烟放净，同学们一进屋就能围着炉子烤饽饽吃。

曲希会10岁那年，在放学路上看到一位老奶奶吃力地扛着粮食去磨面，她便热情地接过来，扛到磨坊。第二天，又把磨好的面送到老奶奶家里。类似的好人好事做过多少次谁也说不清，助人为乐已经成了她的习惯。

1975 年 8 月 17 日，13岁的曲希会带领 7 名同学到南运河边参加星期日义务劳动。休息时，她坐在河堤望着大运河美丽的风景，对家乡无限的热爱从心底油然而生，情不自禁地唱起了她最喜欢的歌——《火红的领巾

火红的心》："红霞万朵放光彩放光彩，青青杨柳一排排一排排……"曲希会刚唱了个开头，就听见有人跟着唱了起来，循声望去是同学曲希英，她们刚好唱到"踏碎银浪放鸭来/鸭如白云水中游"，就见一只鸭子突然蹿到水里，曲希英一边唱，一边蹦跳着边脱衣服边朝河边跑，曲希会大声喊"注意安全！""没事儿，我下去陪它洗个澡，一会儿就上来。"曲希英看着她笑笑，继续忘情地唱："我是葵花向阳开/不怕苦和累/豪情满胸怀"曲希会嗓音清脆甜美，小伙伴们一个个陆续朝她聚拢，也都随着唱起来："红霞万朵放光彩/放光彩……"就在这时，曲希会忽然发现，原本只在河边戏水的曲希英，

此时已被浪头打到深水中，岸边的同学们都慌了，大声呼喊救命。曲希英在水里挣扎着，眼看就要沉没了。曲希会来不及多想，也顾不上和同学打招呼，立刻跑着跳进河里，一边游一边喊："希英，我来啦……希英，举手……"曲希会吃力地游到曲希英附近，抓住了曲希英，并艰难地把她拖到岸边。落水者得救了，曲希会却因疲劳过度，再没浮上水面，一个年仅13岁的少年为救他人献出了宝贵的生命。

1976年5月26日，共青团天津市委作出表彰决定：……曲希会从小沐浴着马列主义、毛泽东思想的阳光，按照党的需要长，照着雷锋的样子做，她关心集体，热爱劳动，艰苦朴素，助人为乐。她在生死关头临危不惧，舍己救人，英勇献身。她给我市少年儿童树立了学习的榜样……

40多年过去了，当年天津电台、电视台播放曲希会事迹的声音还在老一代人耳畔回荡，她舍己救人的英雄事迹还在年轻人中间口口相传，她英勇献身的精神成了少先队员永远学习的榜样。

参考书目

《静海县志》1995年10月，静海县志编修委员会编

抗震救灾

执笔人：杜树党

故事梗概

　　本文讲述了1976年7月28日凌晨3时42分，河北省唐山市发生里氏7.8级强烈地震，静海县同样受到地震的波及，全县死亡12人、重伤120人、轻伤513人，倒塌房屋10719间，砸伤牲畜126头。在县委县政府的组织动员下，静海人民打响了一场自救、互救、相互支援、重建家园的伟大战役。

　　1976年7月28日凌晨3时42分，河北省唐山市发生里氏7.8级强烈地震。由于地震发生时正值夏天，天气异常闷热，纳凉的人们直到深夜才开始睡觉。夜深了，万籁俱静，所有人都在熟睡之中。突然，大地痉挛、颤抖，顷刻间，房屋倒塌，烟囱折断，道路桥梁断裂损毁，坚固的

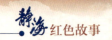

铁轨扭曲变形，通信瞬间中断，所有交通和供电、供水系统全部瘫痪，整个城市变成一片废墟。由于大地震发生在凌晨，因此地震造成的伤亡十分惨重，共造成24万人死亡，16万人重伤，倒塌房屋约350万间，使唐山这座有百万人口的工业重镇一夜之间遭受灭顶之灾。

静海与唐山相距仅170千米，由于受到强烈波及，在这场灾难中，静海也未能幸免。突如其来的大地震同样给静海人民造成巨大的灾难和损失。20世纪70年代，静海的村子几乎全部是土坯房，很多房子在地震的瞬间就坍塌了。据老人们回忆，地震的一刹那，只听见乱哄哄的巨响，然后被家人拉着跑出房屋，原来是自家房上的烟囱倒了。天亮以后，才发现村里很多家的烟囱都倒了，有的房屋倒了，有的房子裂了半尺宽的缝，刚下过雨的田里正在冒水泡，有的像泉眼在喷水。整个地震共造成静海县死亡12人、重伤120人、轻伤513人，倒塌房屋10719间，砸伤牲畜126头。其中小齐庄的大部分房屋被震毁或震裂，是全县灾情最为严重的村庄之一。这次地震强度之高，破坏强度之大，灾情之惨重，在静海历史上罕见。

地震无情人有情。灾情就是命令。面对突如其来的重大灾难，静海县委、县政府连夜成立了抗震救灾指挥部，指挥全县抗震救灾。时任县委书记王树贵亲赴一线看望、慰问受伤群众。紧接着，县直各部门、各乡镇相继建立了现场指挥部。卫生、民政、交通、电力、公安等部门及镇村党员干部火速行动，奔赴受灾一线组织群众抗震救灾、重建家园、恢复生产。在县委、县政府的组织动员下，静海人民打响了一场自救、互救、相互支援、重建家园的伟大战役。

静海县委、县政府共组织了720名党员干部奔赴各村抗震救灾第一线，与村干部一起组成418个、21646人的抗震抢救队。在救灾现场，他们身先士卒、冲锋在前，发扬连续作战的革命精神，与村干部一起搜寻被埋群众、抢救伤员、清理倒塌房屋、修整损毁的房屋、抢建防震棚；走家串户对村

民进行心理疏导，宣传防震知识，对个别群众做思想疏导和安抚工作，消除地震造成的恐惧感。与此同时，县委、县政府抽调418名精干医护人员，组建了27个医疗小队进驻各村。这些医疗小队积极配合抗震抢救队进行医疗救助，安置伤员，想尽一切办法抢救被埋人员，让所有受伤群众得到及时救治，将地震给人民群众生命财产造成的损失降到最小；在地震一线协助危房住户搬迁到安全地带，妥善安置老弱病残人员。

为了帮助损毁严重的村庄和灾民尽快重建家园，县委、县政府及时组织调配苇席、油毡、塑料等抗震救灾物资，先后向各村发放苇席1.7万片、油毡440捆、塑料薄膜0.5万千克、竿篙1000根、杂木杆2000根，帮助群众搭建临时防震棚。在入冬前的短短数月，全县46800户受灾群众就搭起临时防震御寒棚61400个。同时，为解决群众生产、生活困难，县委、县政府还及时向受灾群众发放生产、生活救济款162万元、粮食1.4万千克。在寒冷的冬季到来前，向受灾群众发放御寒棉衣1500件、救济布（票）1000米、救济款10万元，使所有受灾群众解除了后顾之忧，安全地度过冬季。

在救灾一线，交通、电力、公安等部门根据抗震救灾指挥部的指示，积极疏导交通、抢修线路、维护治安，使灾后的人民群众日常生活得到了基本保证，工农业生产得以迅速恢复。由于县委、县政府的正确领导、科学指挥，各部门通力配合，经过全县人民共同努力，这场抗震救灾伟大战役取得决定性胜利，全县社会治安稳定，没有发生重大的次生灾害，生产、生活条件在很短的时间内迅速得到恢复，受到重创的静海大地又重新焕发了生机。

在这场抗震救灾战役中，县委、县政府坚持以人民为中心，凝聚各方力量，科学调度、指挥有方，起到决战决胜的定海神针作用。广大党员干部发挥模范带头作用，始终冲锋在前，不计安危，勇挑重担，甘于奉献，涌现出一大批先进集体和先进个人，体现了静海人民改天换地、重建家园、不屈不挠的斗争精神。静海人民抗震救灾的最终胜利有力地彰显了"一方有难、八方支援"的社会主义制度优越性。全县人民万众一心、众志成城、同舟共济，是静海人民抗震救灾取得伟大胜利的根本保障。

这场大地震也告诉我们：灾难其实并不可怕，只要有党的领导，静海人民一定能战胜一切困难，重建美好家园，让静海这片土地变得更美，让静海人民永保安宁、幸福、吉祥。

参考书目

《静海县志》1995年10月，静海县志编修委员会编

党群携手抗雹灾

执笔人：王强

故事梗概

1990年，静海遭遇特大雹灾，静海党群团结一心，全力以赴投入抗灾自救中。本文作者王强以他的第十二号采访本为依据，真实重述了当年的所见所闻，展现了灾难面前共产党员们的担当作为和静海人民的奉献精神。

每个人都会有一些难以忘却的事情，这些事情，有的是经验，有的是教训，有的则是给你力量、引领你沿着正确的人生道路前进的航标。一个采访本，编序十二号，里面密密麻麻地记录着那一场发生在静海的灾情和静海人民抗击自然灾害的动人故事。

那是1990年的夏季，这一年是农历马年，人们常说，"牛马年，好种田。"然而，这一年尤其是这一年的夏天，对于静海来说，却是多灾多难的。6月下旬的一场雹灾刚刚袭击了静

海的北部和东部乡村，给受灾地区的人民造成巨大损失。7月
中旬的一场暴风雨又突袭了静海全境，384个村庄几乎无一幸
免。据灾情还没有完全结束时的不完全统计，灾害造成5人死
亡，300余人受伤，农作物受灾面积47.5万亩，直接经济损失
1.6亿元，间接损失更为惨重。

这突如其来的灾难，查史书，无记载；观县志，无觅
处；问老人，皆摇头。

无情的灾难，把大地变得凄惨了。此刻，静海县的共产
党员和基层干部们深知，党和人民考验自己的时刻到了。

6月21日，特大冰雹向良王庄乡袭来时，良三村58岁的
共产党员张金义正拉着老伴在冰雹和狂风中艰难地向村里蹒
跚着。当他们离村不远时，张金义的耳边突然传来"妈妈，
妈妈"的哭喊声。他抹去脸上的雨水，定睛向前看去，只见
本村11岁的孩子赵宝强，朝村子的反方向跑来。不好！一定
是孩子被风雹吓蒙了，不知往何处藏，我得赶紧保护孩子，
他立刻抛开老伴，向前猛跑几步，抱起赵宝强朝一根被刮倒
的大树跑去，用树冠和自己的身体为孩子做掩护。小宝强得
救了，可张金义和老伴的头上、身上多处受伤。

曾有人说"党员不党员，只差五分钱（党费），"事实果
真如此吗？当灾区群众看到党员干部们那种"群众在我心
中"并脚踏实地为自己排忧解难时，他们情不自禁地说出了

心里话："危难之时，还是妈妈（党）比娘亲啊！"这心里话，不是凭空而谈，而是党员们的行动感动了他们。

暴风雨使梁头乡吴庄子村20年前挖掘的地道开始塌陷，村民黄凤琴的两间偏房已经下沉，村里排下来的雨水还在哗哗地往地里灌。谁下去？我！退伍军人、共产党员邢玉坤果断地跳下了3米多深的地道。水在他脚下流淌，突然，地道顶端的泥土叭地砸在他的头上，邢玉坤顿时一惊！但他并没有因此而停止工作，就这样，他冒着生命危险，连续奋战3个多小时，终于填好地道，避免了更大险情的发生。这其间，几次有人想换他上来休息一会，可他说："谁下来不都是一样吗？"其实，平时的他，只是一名普通党员，而战时的他，也没有豪言壮语，只有行动才是他的本色。

暴雨刚刚停息，大地还在哭泣，天地间一片黑暗。

灾区的群众怎么样了？这是县直各部门的共同心声。根据县委、县政府先救人，尽快恢复供电、通信、交通等有关指示，卫生、供电、公安、邮电、物资、民政、农业、保险各路人马立刻连夜奔赴灾区。

县卫生局一马当先，立即组织起6个医疗队，带着器械、药品连夜奔赴灾区。三次灾害中受伤的近500名群众，无一因抢救不及时而发生意外。

县供电局针对大批电杆断裂和倒斜，10个变电站受损，

32路线供电中断的严重情况，连夜组织200多人的抢修队。他们昼夜奋战，到19日20时55分，32条主要线路全部恢复供电，保证了灾区人民的吃水、照明，并为恢复生产打下了基础。

横穿静海的国干线京福公路，从县城到唐官屯25千米地段的2000多株大树被狂风刮倒刮断，严重阻碍着交通的正常运行，县交通局立即组织专门的路障清理队伍，组织13台铲车、拖车连夜奋战，将国干线和县干线上的4000多棵折断的树木全部清理完毕。

通信作为现代社会的神经，犹如人体的脉搏，一旦停止跳动，就预示着死亡。狂风摧毁了静海县近百千米的通信线路，致使15个乡镇通信中断。

到18日12时，县与乡镇间的通信基本恢复。这期间，仅用了25个小时，确保了每个乡镇至少有一至两条线路能够与县救灾指挥部保持联系。

静海灾区，受灾面最大的是农业，农业系统为灾区联系籽种，确保了首次受灾的农田得到及时毁种；请来果树专家为仍有生存能力的果树诊断、治疗；请来农业专家帮助制定增产措施；为受灾较轻的庄稼奠定了丰收的基础。

当无情之灾向人们飞来时，情，便不约而同地凝聚在一起，并形成一股强大的力量，去帮助人们战胜灾难。在静海灾区，这股力量不仅成为群众间互相关心、互相帮助的纽带，同时，她更表现出人们对灾区集体事业的关心。

当抢修电路的人员为了固定电杆，而又一时找不到合适的物料时，东滩头乡大黄洼村62岁的农民李克俊亲手扒掉自己家的小房子，抽出房檩，并告诉抢修人员用多少就扒多少。李克俊为了集体事业，不惜牺牲个人利益，代表了整个灾区人民的奉献精神。

张云海，西长屯村连续两次风雹袭击，他成了重灾户，房山被风雨冲塌了，当他还没修好的时候村里人们正为西瓜运不出去急得团团转。张云海心想，地里积水、道路泥泞、运瓜只能用拖拉机，而村里只有他一人会驾驶，大伙种瓜不容易，我去拉。他毅然放下还没修好的房子，到邻村借来一

辆拖拉机，为群众拉起西瓜来，一拉就是5天。蚊虫咬，他不觉痛，吃不上饭，他不觉饿。那天他爱人跑到自己种的3亩西瓜地里一看，几乎全烂了，那是用她的汗水浇灌的，她哭着对海云说："你为大伙拉瓜我不怪你，可咱的瓜也是瓜呀，孩子想吃瓜，你都没空给摘一个。"海云只得安慰妻子："这个节骨眼，大伙用得着，我也顾不了那么多了。"就这样，张海云拉了大家的瓜，丢了自己的瓜，他损失了一千多元。

静海人民战胜困难的决心和信心，终将赢得最后的胜利。

参考书目

《天津日报（农村版）》1990年8月2日

团泊洼今夕

执笔人：王彦龄
　　　　陈泽宇

故事梗概

　　本文讲述了1955年起，在党和政府领导下，团泊洼人民树雄心，立壮志，实施改造工程，从一个盐碱荒芜的大洼变成鱼米之乡，轰动全国的故事。充分展现了党强大的领导力和静海人民不服输的精神。

　　团泊洼是静海东部的一个盐碱大洼，面积300多平方千米。几百年来，先辈们与这片荒芜大洼严酷自然环境的斗争从未停止过，但终因是局部行为，都未能从根本上改变。旧社会流传着"春季

白茫茫，夏季水汪汪，只见种下地，不见粮归仓，携老又带少，只好去逃荒"的歌谣。还流传着一句口头禅："老东乡，喝苦水，吃糠菜，有儿不娶东乡女，有女不嫁东乡郎"。新中国成立后，特别是改革开放 40 多年来，团泊洼人民靠着彻底改变家乡面貌的坚定信念，凭着勤劳智慧的双手，让千年洼淀翻天覆地巨变，谱写了一曲曲战天斗地的胜利凯歌，留下了一个个可颂可赞的故事传奇。

1955 年，静海县委、县政府号召推进团泊洼土地改造和旱田改稻田工程。那几年里，整个团泊洼激情洋溢，到处红旗招展，歌声飞扬，到处是战天斗地、热火朝天的劳动场面。各合作社按照县里要求，根据各自条件积极扩大稻田种植。1958 年成立团泊洼人民公社后，大洼人士气更加高涨，干劲十足，人们喊出了"男女老少齐下洼，留下

锁头来看家。吃在洼，住在洼，稻谷不收不回家"的口号
和誓言。

在"旱改稻"的工地上，人们昼夜鏖战。男人义不容辞
成了生力军，妇女们也不甘落后，组成一个个妇女先锋队投
入改造大洼的战斗，给整个团泊洼各战斗队带来更大的精神
动力。他们和男人一样抬大筐、挖大沟、流大汗，不肯让
男人们落下，而且一到休息时，她们就歌唱鼓舞斗志。改造
团泊洼的战场成了大干较劲的赛场，成了欢乐歌声的海洋，
工程突飞猛进，进度屡创新高。孟家房子妇女先锋排被团泊
洼人民公社旱改稻指挥部命名为"妇女先锋模范排"，排长
被评为"团泊洼女英雄"，县文化馆还编成了歌曲"一朵鲜
花万年红，人人看见人人敬，改造洼地功劳大，胜过当年穆
桂英"。

团泊洼从一个盐碱荒芜的大洼变成鱼米之乡的奇迹，一
时间轰动全国，吸引着国内外参观团，前来"探宝""取经"。

团泊洼成为一个富于神奇故事的地方。

后来，团泊洼受水源所限，稻田种不成了，只好又改种
旱田，耕地再生盐碱，渍化加剧，粮食减产，大洼人又面临
着严峻的挑战。静海县委、县政府及时总结1963年洪水后，
条（台）田地盐碱明显减轻、"盐随水去"的规律，提出全
面推行条（台）田建设的要求。20世纪70年代初，团泊洼改

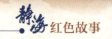

土治碱进入大规模攻坚时期。大邱庄召开党员大会、社员大会。人们开始比较沉闷，前几年旱田改水田稻子丰收，现在黄河水没了，要改造老台田谈何容易，深感工程大、任务重、困难多。村干部说："困难越大，咱改土治碱的决心和干劲要更大。种不了稻子，咱种麦子，既要吃上白面馒头，更要争（蒸）口气。有县委、县政府的全力支持指导，有全县河渠排灌网水利配套工程全局的大势支撑，只要有信心，黄土变成金。农业要大干改土治碱多收粮食，副业要干好干强多赚钱。咱把一些生产队的小副业集中由大队统一经营管理，扩大生产规模，每年把利润分配给各小队，让全村社员的收入年年提高。现在吃点苦，为的是以后过好日子不犯愁。"一番话打动了人们的心，鼓舞了大家的精气神。大家

一句话：听党话、跟党走、有奔头，不达目标不罢休！秋收刚完，一场改土治碱的攻坚战在团泊洼打响了。

村里的大喇叭天不亮就响了，人们捎着玉米窝头或高粱饼子到生产队集合，男女老少扛着铁锹、撅着抬筐，一齐上阵到大洼平条田。冬天太冷了，为了多干活，社员们起得更早，自带早晨和中午两顿干粮，天不亮生产队就给大家炒一大锅白菜，自然是菜帮子多，油放得少。因为大洼里长不了好白菜，油料作物舍不得种，而收成更少。烧一锅开水，供大家就着吃干粮。中午再给炒一大锅白菜，烧两桶开水，给大家熥热干粮送到工地。人们穿着棉衣棉裤抬一会儿筐，汗水就顺着棉衣针脚缝湿透了，头上、身上都腾腾地冒热气。干活一身汗，歇着一身冰，人们的棉衣上都是一片片的白碱印。干活戴手套太笨拙，人们手上都是冻裂的一道道的小口子冒着血丝。

苦战一冬一春，到了夏天看新条田的庄稼长势效果不太明显，有的社员说怪话，编了顺口溜："平壕沟，平壕沟，越平越不收"。随着沟渠河排灌网的配套建设，深挖壕沟相对的地面被抬高，排沥盐碱的效能越来越大，庄稼长得越来越好。金色麦浪滚滚的实景实情让那些说怪话的个别人深受感动，又编出了顺口溜"平条田，没白干，不种稻子了，咱吃上了白面"。大家改变家乡面貌的信心更足，想法更高，

要奔向新的发展目标。

"团泊洼，团泊洼，你真是这样静静的吗？"著名诗人郭小川一首《团泊洼的秋天》，让团泊洼闻名遐迩。

改革开放以来，靠党的富民政策，让团泊洼人摆脱了贫困，走上了富裕发展之路。过去的大邱庄以穷著称，"宁吃三年糠，有女不嫁大邱庄"，是团泊洼出了名的光棍村。大邱庄人穷则思变，敢为人先，1978年靠3台旧轧机建工厂起家，乡镇企业快速发展，宜工宜农、宜城宜乡，由穷变富。大邱庄的崛起，闯出了一条农工商融合发展的共同富裕之路，成为中国农村改革发展的一面旗帜，享誉海内外。

1993年大邱庄撤村建镇，经过20多年的发展，已成为"全国十大特色名镇"榜首，大邱庄工业区已成为"天津市工业示范园区""全国钢管产业基地"，多个企业成为"全国企业500强""全国制造企业500强"，友发钢管集团2020年成功上市。新时代的大邱庄人拼搏创新，改革发展日新月异，一个个好项目、大项目落地，中德大邱庄生态城正在热火朝天的建设中，大邱庄充满着蓬勃发展的生机活力。

郭小川当年凝望的，是一片荒草萋萋的荒洼野淀，没有人知道那个寻常秋日的上午，他心中的所思所念。但可以肯定的是，我们的诗人绝不会想到，几十年后，他眼中和笔下的团泊洼，已是高楼林立、鲜花盛开。

曾经"静静"的团泊洼，已经成为孕育"生命"的"希望之地"。2020年4月，国家发展改革委员会正式批复设立中日（天津）健康产业发展合作示范区，提出了打造健康产业创新区、健康生活先行区、国际合作示范区的发展目标，全力打造国际一流的健康产业发展新样板。

团泊，已不是当年的"团泊洼"，静海人用实干与担当回答了郭小川诗中的疑问。

静海充分发挥天津中医药大学和中国医学科学院创新资源优势，借助"人民英雄"张伯礼和王辰等院士领衔的专家团队，构建起中西医"双航母"创新集群，加快推进"神农谷""创新科技园"建设，使示范区成为高端人才的集聚地、健康产业创新发展的引领区。

血液病医院（团泊院区）、中医药大学三期、医科大学新校区、体育学院三期等多个在建重大项目加快建设。与步长集团就中医药大学宣肺败毒颗粒药品产业化项目签订合作协议，推动中药制药产业化发展；由体育学院与清华大学倡导的静海生态修复治理与健康产业城市主动健康综合体项目（EOD项目）成功获批；与万达集团、香港新华集团签订协议，引入国际顶尖的文化体育、医疗康养项目。

到2035年，示范区将建成创新能力强、产业聚集度高的健康产业创新区；健康服务智慧化、人性化、均等化、

多元化的健康生活先行区；营商环境法治化、国际化、便利化，对外交流体系完备的国际合作示范区。成为初具规模的产城融合、智慧健康，引领京津冀健康产业发展的现代化示范区。

在团泊洼人的眼中，"大健康"事业仅是家乡诸多改变的其中之一。在这片"热土"上，教育事业充分发展，天津大学仁爱学院、天津体育学院、天津中医药大学、天津医科大学、南开翔宇学校、北京师范大学静海附属学校已落户团

泊新城；体育康养事业大步迈进，天津健康产业园区已成为集体育、教育、医疗、科研、养老、健康、旅游七大产业为一体的"一区二十园"，已建成团泊体育中心、团泊足球场及各大学内体育馆、国际网球中心、萨马兰奇纪念馆、奥特莱斯商业广场、康园宁园、静海湾健康小镇等。先后承办第六届东亚运动会、第十三届全国运动会部分赛事，高端宜居社区已成为都市人首选宜居之地，彩针大桥、团泊大道、中央大道等交通网，使津城近在咫尺。如今，团泊新城已成为生态、教育、体育、康健、旅游、文化之城。

"水轴为灵，绿带为媒"，看湖水中转绕芳甸，观落霞孤鹜并肩飞，赏湖光倒影染青林，如画之境，氤氲于一湖清水之中。

团泊湖面积60平方千米，相当于11个西湖，2009年通过国家旅游总局AAAA级风景区评定。团泊湿地是著名的鸟类自然保护区，鸟类多达38科160多种，每年春秋两季成千上万的候鸟在此停歇。湖区碧水粼粼、荻苇丛生、锦鳞游汇、百鸟翔集，可谓风景秀丽、舒适宜人的北国江南，被誉为"华北明珠"。越来越多的国内外游客来这里观光美景，亲近自然的休闲与惬意，让人流连忘返。

40余载沧桑变幻，团泊洼里春潮叠起。团泊洼的巨变是静海人民在党的政策指引下拼搏奋斗，与时俱进取得的丰硕成果。未来，静海人民将继续坚定初心、拼搏进取，书写无愧于时代的壮丽诗篇。

参考书目

《静海县志》1995年10月，静海县志编修委员会编

《静海洼淀文化》2007年，中国人民政治协商会议天津市静海县委员会编著

人民警察刘军

执笔人：梁秀章

故事梗概

本文讲述了被誉为"缉毒利剑""打黑重拳"的战斗英雄刘军，身患绝症仍然职守警岗忘我工作，最终倒在工作岗位上的故事，充分展现了人民警察恪尽职、无私奉献的精神。

2016年2月21日，刘军正在队里翻看视频资料，突然眼前一阵发黑，想起身却又险些栽倒。第二天一早，他到静海区医院做了相关检查，不等结果出来就赶回队里执行任务。妻子代他去取报告，被告知是癌症晚期。妻子懵了，而刘军却异常淡定从容。他深知自己病情严重，但仍然以满腔热情投入工作之中。在市肿瘤医院做放、化疗时，他全都选择凌晨就诊，两个小时的治疗结束后，又按时回来上班。住院治疗，他仍然通过手机与坚守一线的队友们保持频繁联系，了解一些案件的进展情况。

3月，他针对社会敏感的征地赔偿信访案件，带领队员入户走访，调查取证，组织村民座谈，历时半年多时间，通过大量事实依据，配合各级政府，成功处置了轰动一时的某村村民信访案件。8月，他针对沿庄镇津涞公路发生的系列抢劫案，带领专案组成员不顾天气炎热，风里来，雨里去，放弃节假日公休时间，调取录像资料，搜集各路可疑信息，历经一周不间断排查，昼夜追逃，终于在河北省境内将犯罪嫌疑人缉拿归案。9月，他针对区检察院移送委托的某邮储银行高某涉嫌诈骗案，深入几十个高额集资户认真核实调查，为检察机关立案定罪提供了准确的法理证据。因为案件侦查，他曾连续几次让家人向主治医师请假，推迟甚至放弃化疗。

病重期间，刘军还坚持战斗在第一线，带领五大队战友共侦破各类刑事案件598起，其中五类现案23起、八类现案11起、一般现案156起，年前及外省区市案件26起，移送起诉136人；外省区市案件55起，追捕网上在逃人员40人。

2017年4月的一天清晨，东方刚刚露出鱼肚白，缕缕霞光穿过层层的云折射而出，像熬过夜的眼睛充满着道道血丝。在静海区医院外科四病区某病室，公安静海分局领导和战友们默默地静候在病床前，用手抚摸着往日那雄狮般的战士，凝视着他刚毅的面孔。病室内，静得只能听到吊瓶的点滴的嘀嗒声。值班护士说："昨晚连续几次出现深度昏迷，睡梦中时常听到他自言自语，好像是叮嘱一个叫洪雨的同事'那个案子，得抓紧……'有时还喊'我先上，你们随后再上''咱们不拿下这个案子，绝不收兵'之类的话……"

分局领导和战友们默默望着这位年仅46岁的资深刑警，这位被誉为"缉毒利剑""打黑重拳"的战斗英雄，禁不住回忆起和他经历过的一幕幕令人难忘的画面……

2003年，刘军在走访时获得线索，辖区某村有一团伙常以各种借口制造事端滋扰群众，群众敢怒不敢言。当年7月，该犯罪团伙再次疯狂作案，并持械无故将某村民殴打致伤。刘军多次找到受害方及其家属，表明公安机关打击违法犯罪的决心，争取受害人及其家属的配合。经过坦诚对话，受害人同意配合公安机关，到分局进行法医鉴定，如实反映了该团伙的罪事实。经过连续两昼夜的蹲守，刘军率领警组人员将团伙主要成员成功抓获，又连续奋战3个昼夜，抓获相关涉案人员6名，彻底打掉了这个为害一方的犯罪团伙。

2003年8月，刘军调到刑侦支队，从事有组织犯罪侦查工作，俗称"打黑除恶"。2004年7月，身为探长的刘军主动请缨，率先肩负起打掉"王某某流恶团伙"的重任。经过艰

苦缜密的侦查布控，锁定地点，刘军不顾危险直面嫌疑人，将首犯成功抓捕，随即展开闪电行动，将其他7名成员一网打尽，并据此破获各类刑事案件23起，其中绑架4起、敲诈勒索7起，彻底铲除了这个危害公序良俗的社会毒瘤。

2005年3月，刘军与战友们明察暗访号称"静海刑警八队"的恶势力团伙，发现这个团伙与本市武清区、北辰区乃至河北省邻边等地区黑恶势力联系密切。锁定证据后，刘军与战友们重拳出击，一举将该团伙摧毁，现场抓获团伙成员13名，破获了抢劫、伤害、聚众斗殴、敲诈勒索等案件20余起。短短两年时间，刘军直接参与主办打掉重大流氓恶势力犯罪团伙12个，抓获犯罪嫌疑人105名，收缴制式枪支5支、子弹60余发，从中破获各类刑事案件近百起，得到了上级主管部门的表彰嘉奖。

2010年4月，刘军经过两个多月秘密侦查，获悉犯罪嫌疑人贾某某将从广东省广州市携带毒品乘火车到静海进行交易。他与专案组人员在静海火车站及周边地区布控，成功擒获犯罪嫌疑人贾某某，当场从其携带的皮包内查获冰毒2292克、麻古108片重9.86克。根据贾某某等人供述，他带领精英队员远赴广东省广州市，克服诸多困难，终于将上线贩毒要犯成功抓获，成功破获一起特大跨省区贩毒案件。

在缉毒大队期间，刘军直接参与侦破重特大毒品案件13

起，破获其他类型贩毒案件9起，逮捕毒品犯罪嫌疑人10名，收缴毒品海洛因173克、"冰毒"（甲基苯丙）532克、K粉（氯胺酮）38克，主要参与抓获并行政拘留吸毒人员21名，强制戒毒2人，社区戒毒15人。

2013年2月10日，正值大年初一，唐官屯镇梁官屯村村西的玉阁轩古典家具店卷帘门被撬，店内的十余件红木仿古家具不翼而飞，损失约30万元。接报后刘军带领五大队全体民警放弃春节假日，迅速对这起特大盗窃案件开展侦破。辗转河北省青县、大城县等地，克服重重困难，调取了总时长100多个小时的视频资料和20余个地点的抓拍照片，经过大量分析研究，成功地锁定了嫌疑车辆。刘军带领专案组深入青县、大城县两地，对大小30余家汽车租赁站逐一进行走访，又奔赴河北省廊坊、青县、大城等地，调取和嫌疑车辆类似的车辆300多辆，逐一排查。经过近4个月坚持不懈的缜密侦查，终于确定了涉案嫌疑人，将主犯绳之以法，价值30余万元的被盗物品被全部追回。

刘军从警22年来，先后参与和指挥侦破各类刑事案件2000余起，其中重特大刑事案件200余起，摧毁黑恶势力团伙5个，抓获犯罪嫌疑人300余名。他先后荣立三等功1次、市局嘉奖7次，分局嘉奖2次。

2017年4月21日凌晨4时，46岁的刘军匆匆走完了他短

暂而绚丽的生命旅程，留下万般不舍，对父母的牵挂，对妻子儿女的依恋，更多的是对自己未竟事业的执着。他用生命践行了自己的人生信念，用忠诚铸就了人民警察的风纪警魂，用行动书写了热血男儿的责任担当。

参考书目

《静海榜样》2018年，中共天津市静海区委宣传部编著

血洒南疆

执笔人：罗　骏
　　　　顾明君
　　　　陈玉军

故事梗概

2017年3月，席世明同志怀着对援疆事业的满腔热忱和对新疆人民的深情厚谊奔赴于田，克服诸多困难，以"使者"身份，努力搭建起天津与于田两地经济社会发展合作交流的平台，为促进于田建设发展倾注了全部精力和心血。2019年1月6日，他突发出血性脑卒中，经抢救无效，于同年1月14日上午病逝，年仅43岁。

"咱下周末去看'小石榴'吧，俩月没见怪想她的。要还这么忙，怕（年前）见不着了……"剧烈头痛的席世明看到和田地区于田县人民医院的灯牌，暂时停止了呕吐，快下车时突然对卢玉香说。

左上图为2017年8月，席世明怀抱3个月的小石榴，右上图为1岁8个月的小石榴，右下图为小石榴母女

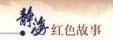

他们所说的"小石榴",是位不满2岁的维吾尔族小姑娘。2017年4月,来自天津西青的援疆医生卢玉香在于田人民医院产科认识了严重贫血却无钱医治的孕妇马依木尼汗,施以援手并认她为维吾尔族妹妹。来自天津静海的援疆干部席世明也在组内发起捐助,在5月孩子出生后给孩子取了"小石榴"的乳名。自此,她成了天津援疆于田工作组的小宝贝儿,大家经常轮番前往探望——即将被诊断为出血性脑卒中的席世明怎么也不会想到,他因呕吐落下的"年前"两字,竟然一语成谶。

时间静固在2019年1月6日23时。被轮椅推进急诊室后,身为于田县招商局副局长的席世明脑腔已被鲜血充盈,或许不用再牢记两天前刚领到的协助招商引资3.9亿元的"铁任务",也不用再惦念入疆以来陪150多名客商走过的100多个村庄,再也见不到他的维吾尔族"亲戚"图尼萨汗一家手捧葡萄干希望送进ICU病房时的泪流满面,也听不到"小石榴"母女失声痛哭的悲情,甚至再也听不到年仅11岁的儿子在耳畔一遍遍深情呼唤,又或提起82岁的老母亲正盼他回津过年……虽经全力抢救,1月14日上午,那个永远诚恳真挚、永远踏实负责、永远热心细致、永远默默奉献挂着笑容的他,还是走了,终年43岁。

席世明入疆581天,瘦了16斤,周末当晚发病前刚从新疆农产品销售装车的现场赶回……

依依不舍家乡柳，去留肝胆两昆仑。

一名援疆干部的周末"记忆拼图"

良好的品质与习惯易致遗忘，却留给周遭一些温暖的记忆碎片。

"累，心累，睡不好。每个周末，总有一堆小事情需要处理。这种压力绝不同于白领、金领的快节奏，而是一个个必须一点点解决的小问题。"在和田人民医院ICU外，一位主动前来为席世明捐款的援疆老师这样说。她即将年满50岁，高级职称，教生物，"来前以为驾轻就熟，却不想每一行板书每一句话都是给自己的考题"。

席世明亦如此。

"1月5日他是被我拉走的，我知道是星期六，但我没办法。"杭州富阳邦尼工艺品有限公司总经理赵钢说，"我是2018年11月15日来于田考察的，席世明陪我一个礼拜跑遍了全县13个乡。新疆地方大，每天天

不亮出发，晚上十一二点（存在时差）才回来。他到哪都很熟，无论是和机关工作人员还是和维吾尔族群众都能打成一片，我也好像没见过他休息。看到像席世明这样干实事的干部，我第二次考察时就决定了投资，现在一栋主厂房已建起来了。但公司总部的管理人员都怕远不愿来，遇到点事儿我只能求助老席他们援疆干部——这次找他，是工人的事，要增进信任让更多的人来就业。公司的产品都是手工艺品，年节应景，马上干，春节前就可以让村民见到收益。那天他领着我走村串户奔波了一整天，效果很好。整个企业建成后，应该可以带动1000多人就业，但老席看不到了……"年近50的赵钢是转业军人，走南闯北多年，说着说着不觉语带哽咽。

"5日晚上我碰到他了，他在往楼下搬几个箱子。我想帮忙，可真的很沉。后来才知道是帮老师们准备带回家的葡萄干等特产，也帮维吾尔族贫困户找点小销路。因一天没在食堂见他，我问他吃了没，他说昨儿个（4号）晚上熬了一锅稀饭……"卢玉香说。一旁住隔壁楼栋的援疆教师李少娟补充道："那是席大哥帮我们准备的，学校放假早，我们准备回津，就委托他买来打好了包，看是带走还是邮寄。没想到……"

1月6日是个星期日，早上很早席世明便出去陪同一家企业考察。中午回来，他和大家一起在小食堂吃饭，像平时一样有说有笑，并无异样。饭后，组里的王峰医生给别的老师量血压时也顺便给席世明量了一下（大家知道席世明有高血压，但并不严重），"结果还不错。他说自己这两天事多没顾上吃降压药，当时我还劝他不要大意，药还是要按时吃。他说要回去赶两个比较急的件，后来说啥没听清，就走了……"

事后看他的电脑，还负责天津援疆于田工作组后勤工作的席世明是赶着汇总整理《援疆干部人才工作季报表（2018年4季度）》和《天津援疆于田工作组休假情况安排表》。但下午他没能如愿，接到了静海援疆企业多兴庄园副总孙建光的电话。"我跟他说，我正在县城装货，核桃、大枣、葡萄干一共30吨，运回天津。本来只是想告诉他一声，结果他非得要来。"孙建光说，"当时我没看出他有什么异常，来了问我装完这车还装吗，我说年后再接着过来拉。他来了就跟着忙活，待到7点半左右车装完了又做完检查才走，没想到那成了我和他的最后一次对话。"

当晚9点54分，席世明弄完下午拖欠的文件起身去喝粥，感到不适，给卢玉香发了求助微信。知道老席轻易不会说不适，卢玉香等人赶紧到他的房间帮忙。在去往于田县人民医院的路上，席世明一直扒着车窗呕吐，看到医院时，有了本文开头想念"小石榴"的那几句对话。"我们已经不敢

让他行走，用轮椅推着他去做核磁共振，检查结果为'蛛网膜下腔出血'，那时他基本已昏迷了。"卢玉香的回忆，令人泪目地基本宣布了席世明的记忆"终结"。

消息传来，曾接受过他帮助的村民悲痛不已。

那次是你，"不经意"的离开……

晚11点被送入急诊抢救室，呼吸、心跳停止，双侧瞳孔散大，心电图显示为直线，抢救半小时后恢复自主呼吸仅3分钟再度丧失自主呼吸，上呼吸机……席世明发病后，天津援疆前方总指挥李文运率队连夜出发前往，天津援建的民丰县、策勒县也派出专家组前往支援。和田人民医院重症医学科首席专家、天津市第一中心医院重症医学科主任医师窦琳随救护车前往于田县接席世明转院。"当时转院风险很大，但当地条件确实有限。我见到席世明时他深度昏迷，没什么反射，非常危重，我们尽了全力。"7日清晨5点20分，席世明被转至和田地区人民医院救治。

7日下午，来自天津后方的两名专家与来自喀什地区的一名上海援疆专家、两名新疆本地专家一起赶到和田会诊，诊断结果为出血性脑卒中、脑疝、呼吸循环衰竭。最好的医疗"组合拳"迅即展开，可病情依然在恶化……

1月7日下午，席世明的爱人马艳玲和儿子乐乐先后抵疆。"6号晚上他和孩子还短暂视频来着，没想到……"马艳玲说。

"我真的没想到他会主动提出援疆。因为婆婆当时都80岁了，世明他哥哥、姐姐也年过50，身体不好，去新疆的时候孩子才9岁。这上有老下有小的，他是家里顶梁柱啊。忘了是哪天晚上了，他就那么很不经意地跟我说了一句，我还以为是开玩笑，没想到……"

"他从来不跟家里说工作上的事，好多时候都说在忙，有好几次儿子给打电话都是直接挂断，气得我婆婆说他是保密局的。但他入疆以后才开始吃降压药我是知道的，剂量不大，每次也就半片，入疆前他身体很健康。没想到……"

是啊，谁又能想到?!

记者也没想到已知晓席世明病情的妻子，愿意坐在病房外一起拉拉家常。没聊几句，她手机响了，"那次是你，不经意的离开……"铃声竟是一曲20多年前的《归去来》，

1995版《神雕侠侣》的主题歌。"他给选的,以前喜欢武侠,喜欢金庸。他说,侠之大者,当笑傲昆仑。"

席世明的重症监护病房里,耳边放着一支录音笔,循环播放着儿子乐乐哭喊的声音——"爸爸,爸爸你听到了吗?"进重症监护室看望不能不限次数,他们最后的希望是儿子的呼唤可以产生奇迹发生。"爸爸听到我的声音后心跳一下就加快了,但是他的血压很低,医生说这样不好,需要把血压升上来。"乐乐认真地复述着医生的话,他指着监护仪器上的每个数字询问医生代表的含义,他以为爸爸听到他的声音有了反应。

"不是那样的，其实没有任何反应。"窦琳主任摇摇头，"他们可能误解了放录音的意思，研究认为人去世前最后丧失的是听觉，放录音或许只能给患者最后的安慰……"

乐乐来和田前，82岁的奶奶托孙子给儿子带个话。乐乐趴在席世明的耳边，小声说："奶奶在家等着你，让你和我们一起回家过年"。

3天后，席世明还是走了，距万家团圆的节日仅剩20天。

那个带来温暖和富裕的汉族亲人

席世明病重入院，村民们非常难过。

于田县托格日尕孜乡托万库木巴格村的图尼萨汗·巴拉提一家在得知了席世明病重的消息后全都低下头沉默不语。图尼萨汗·巴拉提更是还没说话就哭了。每个援疆干部入疆后都要与维吾尔族贫困户结为亲戚，定期上门看望，帮助解决实际问题，图尼萨汗一家就是席世明的亲戚。"两年前，宣布结亲名单后，他主动跑来抱住我们，向我们介绍自己。每次来都待很久，都要带很多东西，问很多，孩子的学习成绩等都问。5日他还给我们打过电话，问我们过冬的棉鞋穿几号……我老伴儿做手术他也过来看望，还送给我们家一台电动车。感觉我们就是一家人，只要他在我们就什么都不担心了。"

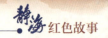

　　托万库木巴格村曾是一个比较封闭的村庄，村民大多不愿外出打工，但图尼萨汗愿意相信席世明的话。她先是允许女儿和女婿一起前往广州打工，后又同意小儿子去阿克苏地区打工。"女儿说他们两口子一个月能挣7000多块钱，真是想不到的高。小儿子在阿克苏一个月也能挣几千元，这都是席给我做的工作。两个孩子也给席打了好多次电话，说自己在外面的情况，孩子们都叫他叔叔。"1月9日记者现场看到，图尼萨汗家确已脱贫，盖起了新房，家里还养着驴和成群的鸽子，日子越过越红火。

　　于田县喀拉克尔乡的澳湖多胎肉羊扩繁养殖合作社内，

肥硕的羊只正在圈外晒太阳，这些身价不菲的羊都属于博斯坦艾日克村的村民，集体托养在合作社内，既不耽误外出打工，每年还可以分红。51岁的胡加比里·托合提是合作社的十户长，他骄傲地告诉记者，他的年收入已经达到11000多元，早就脱了贫。但他最初对这个合作社一点兴趣都没有，虽然他曾干了多年的贩羊生意。"以前的羊品种不好，别说繁殖，连皮毛都不值钱，我把羊买回来，养肥了卖出去，一只只能挣二三十块钱。现在这个多胎羊品种好，繁殖快，皮毛也值钱，大家的积极性就高了。我以后要带动身边人一起养羊，用实际行动表达对党和政府的感谢。"胡加比里高兴地说。村第一书记濮传文说，这个多胎羊正是席世明根据实际情况选定后，又一次一次下村和大家沟通说服的结果。

博斯坦艾日克村的古丽阿依木等人与席世明曾有过7天短暂而快乐的相处——2018年国庆节期间，席世明带着该村的12名村民前往天津参加"津和民族团结周"活动。席世明病重的消息传来，古丽阿依木难过得哭了。"对席的感情难以用语言表达。当时我们全都带着孩子，他就像对待自己的孩子一样带着我们的孩子去玩……"从小失去双亲的斯皮热木汗·苏莱曼也参加了那次活动，她越说越伤心，"他把一切都安排好了，开自己的车带我们游览，还给孩子们买

书包买教材……对我们的照顾比父母还温暖。"

"坚持'有限与无限相结合'，用好有限援疆资金，以无限的援疆真情，久久为功、以诚换诚、以心换心，让各民族像石榴籽那样紧紧抱在一起。席世明同志用生命践行了我们全体援疆人的庄重承诺，他是我们学习的榜样。他离开后，援疆干部主动捐款。好多同志在朋友圈随便写写，都是感人的诗句……"天津援疆总指挥李文运说。

全国第九批援疆总指挥曹远峰在席世明住院期间前往探望，"席世明同志，是天津援疆干部的缩影，也是全国第九批4600名援疆干部的缩影"。

一个"邻家暖男"的家国情怀

2017年2月23日，天津市第九批172名援疆干部人才从天津大礼堂启程奔赴新疆，于田工作组的组员坐在同一辆车上，大家对席世明的泪水尤为深刻。

"人心都是肉长的，从天津到北京机场，我们大家多多少少都有些伤感。他在车上是真的哭了……我们刚开始还拿这事儿逗他，但很快就知道他只是不放心年迈的母亲和年幼的孩子，不知道连家里有几扇窗户都没数过的妻子能不能料理好家。"于田县挂职县委副书记边甫兴说，"到于田打开行李，我惊呆了，他最先拿出来的，竟然是儿子的红领巾。他

说他要把它挂在最显眼的地方，因为那上面有儿子的味道，也能激励他像正在上小学的儿子一样，不管遇到什么困难，什么新问题，都要设法解决，都要成长、奋斗"。

"话不多，绝对的热心肠，时髦点叫'暖男'。于田援疆组人不多，需要每个人额外贡献力量。所以除了业务能力，更让大伙儿佩服的是他愿意主动承担平凡琐碎的工作，很快他就成了我们的后勤总管，不授衔的办公室主任，利用的都是业余时间……"

"刚开始，因为习惯不一样，大家的饮食是一个大问题。工作组为大家设立了小食堂，采买和聘请厨师的工作自然落到了席世明肩上。他说没问题，在家他就是厨房一把手，包在他身上……"

"绝对的'邻家暖男'。举个例子吧，我在微信朋友圈里发照片，他能一眼看出我的饮水机没有水了，主动上门给我更换。"

"不久前我的净水器坏了，他找人修了3次才给修好。他生病后我才知道，哪是修的，是他把自己那个好的换给了我……"

有的人离去，带给周遭的可能是"亲戚或余悲，他人亦已歌"；而有的人一旦缺失，却是一份真真切切、空落落的疼。

当时在于田县挂职的县委常委、副县长陶哲，在静海和席世明就是同事。"当时静海区缺少一个科级援疆干部，要求懂工业、懂招商，年龄还要符合要求。老席听到这个消息后来找我，说很想去却又有顾虑，工作能力和群众关系没的说，但家庭负担确实非常重。后来，他还是果断报了名。有'发小'提醒他说政策有变，不是援疆就提职，他说人这辈子得想明白要什么，家人和孩子几年后还能再补偿，可趁着年纪不算太大到边疆有所为的机会，可能只有一次。"陶哲说。

2017年和2018年，无论是实施招商引资的项目，还是到位资金，再到新增就业人数，全部超额完成任务——这份来自田县招商局的官方成绩单，如今静静躺在一份文件袋里——席世明不知道的是，1月2日在履行相关程序后，静海组织部门已开始对其进行延伸考察。

"其实，从医学上看脑卒中绝对是有先兆的，尤其是在发病的前几天。只是，他干事儿太'期'了……""其实，考虑到他们家的情况，领导有过让他提前回津跟进服务援疆企业的安排，他毫不犹豫拒绝了……"

援疆干部老陈说，当大伙儿给新生儿想乳名时，席世明脱口而出"小石榴"，让在场的很多人都感受到了他内心深处浓烈的家国情怀。而席世明走后，记者走进他的住所，迎面那条他日思夜想、鲜艳夺目的"红领巾"，以及办公桌上摆放的党徽和窗口绿植上插着的那面五星红旗，何尝不是另一种让人潸然泪下的家国情怀！

依依家乡柳，肝胆照昆仑。有一种生命，有一份情谊，比海河水更润，比和田玉更坚！

"那次是你，不经意地离开，成为我这许久不变的悲哀……"回津后得知你离去的消息，单曲循环这首《归去来》，蓦然发现这是一首由汉族歌手胡兵和维吾尔族歌手希莉娜依共同演绎的天籁——冥冥之中，似有天意。

而这一次，究竟是你第几次"不经意"地从家离开？还

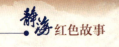
是你不再会从那个你深深眷念的地方离开？

忘不了你走后，"小石榴"一个劲地拉着妈妈要去看你。红帽子、红衣裳，泪珠挂在红红的小脸上，像朵饱满的石榴花，正在火火地开……

为抗击新冠疫情贡献静海力量

执笔人：王　强

故事梗概

本文讲述了新冠肺炎疫情期间，静海区瑞安森（天津）医疗器械有限公司的女工在全国医用防护服紧缺的时刻，挺身而出，紧急返岗生产防护服的故事。以瑞安森故事为剪影，充分体现了疫情面前静海人民的凝聚力、向心力和奉献精神。

2020年9月8日，全国抗击新冠肺炎疫情表彰大会在北京人民大会堂隆重举行。中共中央总书记、国家主席、中央军委主席习近平向国家勋章和国家荣誉称号获得者颁授勋奖章并发表重要讲话。习近平总书记强调，"抗击新冠肺炎疫情斗争取得重大战略成果，充分展现了中国共产党领导和我国社会主义制度的显著优势，充分展现了中国人民和中华民族的伟大力量，充分展现了中华文明的深厚底蕴，充分展现了中国负责任大国的自觉担当，极大增强了全党全国各族人民的自信心和自豪感、凝聚力和向心力，必将激励我们在新时代新征程上披荆斩棘、奋勇前进"。[1]习近平总书记指出，

① 习近平在全国抗击新冠肺炎疫情表彰大会上的讲话。

"伟大抗疫精神，同中华民族长期形成的特质禀赋和文化基因一脉相承，是爱国主义、集体主义、社会主义精神的传承和发展，是中国精神的生动诠释，丰富了民族精神和时代精神的内涵。我们要在全社会大力弘扬伟大抗疫精神，使之转化为全面建设社会主义现代化国家、实现中华民族伟大复兴的强大力量"①。

在表彰大会上，静海区瑞安森（天津）医疗器械有限公司厂长肖建永作为全区各条战线、各个领域抗击新冠疫情的优秀代表，被评选为全国抗击新冠肺炎疫情先进个人，应邀参加大会并领奖，为静海人民赢得了荣誉。

2020年初发生的这次新冠肺炎疫情，是新中国成立以来我国遭遇的传播速度最快、感染范围最广、防控难度最大的一次重大突发公共卫生事件。疫情就是命令，防控就是责任。静海区委、区政府按照党中央和天津市委、市政府的要求，对疫情高度重视，坚持人民至上、生命至上，始终把人民生命安全和身体健康放在第一位。在建立防控组织、做好安全防控、维护生活秩序、保障物资供应等的基础上，要求有防疫物资及设备生产能力的企业全力以赴，及时复工复产，支援本市及全国的抗击新冠肺炎疫情阻击战。

瑞安森（天津）医疗器械有限公司作为全市唯一一家具

---

① 习近平在全国抗击新冠肺炎疫情表彰大会上的讲话。

备三级防护服生产资质的公司，厂长肖建永临危受命，代表瑞安森（天津）公司义不容辞地承担了生产防疫新冠肺炎疫情物资的重任。在大年初二的晚上，肖建永就在市领导面前立下"日产800件防护服"的军令状。随后，他马上安排原材料供应、生产设备调拨、动员职工返岗、做好质量把控、后勤保障、公司防疫等各类运营事宜，等安排好一切已经是凌晨，他也已经一天没吃饭了。在他的精心安排和调控下，瑞安森（天津）医疗器械有限公司于2020年1月27日（正月初三）提前开工复产。而也正是从这一天开始，肖建永便开始了不分昼夜的工作模式，办公室变成了休息室，他以厂为家，吃住在厂，昼夜紧盯生产，仅仅是初期的最关键时刻，肖建永这样的工作状态和生活节奏，他一坚持就是26天。

为抗疫生产急需物资，绝不是一人一厂是事情，需要全体员工的积极配合，需要全社会的大力支持，为此，瑞安森公司开始了加快生产的大接力……

复工紧急，人工短缺成了燃眉之急。怎么办？副厂长何超建等建议："咱们马上利用微信在网上发信息。""瑞安森（天津）公司向社会求援，招聘急需60名熟练缝纫的工人。"信息发出后在微信中不停地转发，"我去！""我去！""我去！"150名静海农家女主动请缨投入缝纫"战场"。从当天中午11点发出信息，到下午3点，首批60名报名助援的女工

就已登记完毕。量过体温，戴好口罩，她们坐上当地政府派出的专车，奔向瑞安森公司。

这些深明大义的女工，平均年龄约40岁。她们上有老下有小，又是春节团圆之际，但为了战胜疫情，她们坚定地站了出来，选择了奉献，恨不得尽快到达瑞安森公司，尽快走进生产车间，尽快投入加工防护服的战斗。

这些女工大多来自台头镇和王口镇，这两个乡镇过去都有大型服装厂，培养了一批技术过硬的缝纫女工。"看到招工信息后，我第一时间报了名。我的家人也特别支持。"来自台头镇的张春梅是第一批支援瑞安森公司的缝纫女工。她说，看着那么多医护人员在抗疫一线奋战，感到很揪心。作为一位普通的农家妇女，自己只想尽一份绵薄之力，生产出更多合格的防护服去保护他们。

"为了前线的安全，我们再辛苦也值得！"缝纫女工张津说，能够投入这场战斗，为国家出一份力，感到特别光荣。

裁剪、缝纫、拷边、折叠、包装……上岗后，张春梅、张津和姐妹们坚守在各自的岗位上，加班加点，连续奋战。她们每天要穿着洁净服在车间工作近10个小时，由于疫情期间需要统一管理，下班后就统一被接到酒店住宿，这样每天"两点一线"的工作状态持续了近两个月。这段日子，她们不能陪伴孩子和父母，只能通过电话和视频表达对家人的思念，但她们一直坚守岗位，"能多做一件是一件"是他们最质朴的声音。她们为抗击新冠疫情贡献着自己的力量。

瑞安森（天津）公司虽说是天津唯一一家具备三级防护服生产资质的公司，但原来企业的规模并不大，因此，扩大生产规模就成为当务之急。自大年初三复工以来，企业产品的数量已经实现了翻番，但疫情还在蔓延，防护服需求量仍很巨大，目前的产量远远供不应求。为快速提高企业产能、支援疫情防控前线，静海区委、区政府主动作为、靠前谋划，积极邀请天津建工集团、市食药监局、天津建筑设计院等部门领导和企业负责人一起研究企业扩建事宜，紧张商议过后，各方一致决定迅速扩建。

时间就是命令，防控就是责任。瑞安森洁净车间扩建方案确定后，静海区迅速成立工作专班、开通"绿色通道"，开发区、住建、消防、规划、发改、金融等部门主动上手、靠前服务，以一刻也不耽误的精神，分秒必争，全力推进规划设计、资金支持、物料筹备、安全保障等各项工作。

其间，瑞安森厂区热火朝天的建设场景随处可见，一边是歇人不歇机器、工人们24小时不间断地赶制医用防护服，另一边是参与厂区扩建的各方人员、各类资源先后到位、进场施工。

2月3日，瑞安森（天津）医疗器械有限公司洁净车间扩建项目陆续开工建设。天津建工集团安装公司负责现场土建工作的项目经理张鉴秋早早就来到现场，和工人师傅仔细核实现场防火分区隔墙的砌筑方法和施工工艺，为后期的钢结构安装和水电及机电安装做准备。

张鉴秋表示："因为这个厂房是个现有的老旧厂房，我们要在短期内把它改造成一个净化车间生产防护用品，抓紧投产，所以在设计图纸上进行了一个分区，防火隔离。因为现在大环境中对消防要求很严格，所以我们一定要把这个环节把握好。"

面对设备材料采购困难、劳动力短缺等诸多问题，静海区疫情防控指挥部第一时间召开新闻发布会，向全社会发出征集公告。短时间内得到了国内相关企业、部门的大力支持，为工程顺利进行提供了有力保障。

天津安装工程有限公司项目经理张强说："一方面这是

原有的厂房，要改造成一个10万级的净化车间，从结构方面要求是比较严格的，净化程度要求也比较高，所以我们一直在和设计院密切联系，边设计，边施工。"

为全面落实好瑞安森洁净车间扩建工程，经静海区委批准，组建由静海开发区、绿地集团、建工集团及参建单位参与项目建设的党员组成的静海区疫情防控瑞安森洁净车间扩建工程党员突击队，组织党员干部冲锋在前，在打赢疫情防控阻击战的过程中充分发挥党员先锋模范作用。突击队共有29名成员、共分4个小分队，分别负责政策宣传、疫情防控、后勤保障、安全协调等工作，切实让党旗飘扬在抗疫抢建工程第一线。

2月5日，一场特殊的党员突击队宣誓仪式在瑞安森（天津）医疗器械有限公司扩建现场举行。区疫情防控指挥领导向党员突击队授旗。参加建设的全体共产党员勇于吃苦，敢于担当，用实际行动诠释着共产党员担当作为的特质。在市、区领导和各级部门的坚强领导和鼎力支持下，施工单位发扬敢打必胜的信心和决心，攻坚克难、分秒必争，各工作区同步作业。在社会各界的关注与共同努力下，仅仅用20多天就完成了3000平方米净化车间扩建改造，于2月28日正式投入使用。此时，瑞安森公司一线生产员工达到120人，生产设备达到130套/台，日产能达到2500件。截至4月5日，

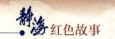

公司生产的三级防护服已达到 75000 件,全部交付国家和天津市统一调拨。其中,天津市多批支援湖北医疗队在一线所穿的防护服就来自于瑞安森公司。

企业规模的扩大,离不开电力的支撑。为了保障瑞安森公司的不间断生产,国网天津静海公司共产党员服务队队员魏绍印等放弃休息时间,自发成立了保电小分队。魏绍印说:"我们对为瑞安森公司供电的 10 千伏史联 212 线路进行不间断巡视,防止意外事故发生。同时,对涉及的开闭站、电缆线路走径设专人专责看守,10 余人倒班值守。针对可能发生的抢险事故,充分安排各类抢修工器具、材料及车辆,确保最短时间内排除故障,保障瑞安森公司 24 小时不间断生产。"

对于全区各单位、各部门的通力合作和大力支援,以及共产党员们的奉献精神,肖建永看在眼里,记在心头。肖建永说:"由于生产任务紧我们的压力很大,但是,当看到共产党员们的奉献精神,看到有大家为我们保驾护航,我心里就踏实了。我也要向共产党员那样严格要求自己,疫情面前,我们都要有社会责任感和使命感。"疫情初期,肖建永就向党组织递交了入党申请书,并带领全体员工争时间、抢速度、快生产、保质量,让一批批高质量的防护服源源不断运往本市及全国各地抗疫一线。

从 2020 年春节到 9 月 8 日肖建永赴京领奖，瑞安森（天津）医疗器械有限公司已累计生产防护服 130881 套，有力地支援了我们国家的抗击新冠疫情的阻击战。

瑞安森（天津）医疗器械有限公司是静海在区委、区政府带领全区人民打赢抗击新冠疫情阻击战阶段性战役的一个缩影，是一个个肖建永式的模范人物，是瑞安森（天津）医疗器械有限公司等一批批企业的无私奉献，保持着疫情期间的"静海干净"。而获得表彰的肖建永同样难忘："荣誉不仅仅属于我，荣誉不仅仅属于瑞安森，荣誉更应该属于静海区委、区政府的坚强领导和科学指挥，属于支援瑞安森发展的静海区各职能部门，属于勤劳勇敢、淳朴善良、甘于奉献的静海人民。"

后　记

　　为热烈庆祝中国共产党成立100周年，全面回顾近现代以来在党的领导下，静海人民走过的光辉历程，生动讲好静海红色故事，按照区委党史学习教育有关工作部署，区委宣传部牵头组建成立《静海红色故事》编委会，组织区委党校、区文旅局、区教育局、区档案馆、区融媒体中心等单位，并发动区作协百名作家参与，联合开展编写工作。

　　自党史学习教育开展以来，静海区高度重视并充分挖掘本地红色资源，广泛组织社会各界开展系列主题宣传教育活动，形成了具有鲜明特色的典型经验和亮点成效。本书中辑录的这些红色故事，生动反映了静海历史的光辉岁月，折射出革命先烈和静海人民在党的领导下，不断追求真理、不畏牺牲、勇往直前的豪迈气魄。

在本书编写过程中，区委书记蔺雪峰十分重视并给予殷切指导，提出诸多宝贵意见。区委常委、区委宣传部部长白雪峰多次组织召开专题会议和座谈会，提出明确要求和具体指导，广泛听取意见建议并反复审读书稿。谨致以崇高的敬意。各参编单位加强组织领导，认真研究策划，组织人员悉心查阅收集相关档案、史料及图片，确保按时保质完成编写任务。各乡镇、街道党（工）委积极配合，通力协作，予以大力支持。区作协杨伯良主席及广大作协会员不辞劳苦，扎实开展文稿撰写工作。区文旅局姚新组织专业团队，为本书绘制了精美的插图。区档案馆为全书的编写提供了翔实的历史文献资料和档案资料。同时，还得到了区委党校、党史研究室对书稿进行统筹审读。天津人民出版社领导和编辑为本书的编辑出版工作付出了辛勤劳动。篇幅所限，不能一一列举，在此，向参与本书编写的所有幕后人员，一并致以诚挚的谢意。

品读红色故事，追忆峥嵘岁月。愿您读过本书，能在波澜壮阔的历史画卷中，将红色记忆深深镌刻心间，愿这段光辉的红色历史永远为后人铭记。谨以此书向中国共产党成立100周年献礼！

成书时间和编写水平所限，疏漏和不妥之处，敬请读者批评指正。

编　者

2021年5月